春华秋实
经典书系

GUDUDEQIU
YUDAFUZHUANJI

经典美文阅读

故都的秋

郁达夫◎著

北方联合出版传媒（集团）股份有限公司
万卷出版公司

图书在版编目（CIP）数据

故都的秋 / 郁达夫著； —沈阳 ： 万卷出版公司，
2012.12（2022.1重印）
（春华秋实经典书系）
ISBN 978-7-5470-1891-0

Ⅰ. ①故… Ⅱ. ①郁… Ⅲ. ①散文集—中国—现代 ②中篇小说—小说集—中国—现代 ③短篇小说—小说集—中国—现代 Ⅳ. ①I216.2

中国版本图书馆CIP数据核字（2012）第090591号

出版发行：北方联合出版传媒（集团）股份有限公司
万卷出版公司
（地址：沈阳市和平区十一纬路25号 邮编：110003）
印 刷 者：北京一鑫印务有限责任公司
经 销 者：全国新华书店
幅面尺寸：170mm × 240mm
字　　数：130千字
印　　张：13
出版时间：2012年12月第1版
印刷时间：2022年1月第2次印刷
策　　划：王会鹏　韩师征
责任编辑：张洋洋
封面设计：范　娇
版式设计：张　莹
责任校对：高　辉
ISBN 978-7-5470-1891-0
定　　价：48.00元

联系电话：024-23284090
邮购热线：024-23284050
传　　真：024-23244448

郁达夫，原名郁文，1896年12月7日出生在浙江富阳一个破落的书香门第，1945年8月29日，在苏门答腊失踪（后来默认1945年为其卒年），终年四十九岁。他自小接受古典文学的熏陶，中国现代著名小说家、散文家、诗人。

郁达夫在日本度过了十个春秋，在日本生活的的经历，成为他小说创作的重要题材。回国后，他积极讲学、创刊，抨击时政，参加抗日。郁达夫的生活道路坎坷曲折，但他始终保持着一个爱国主义者的基本立场和高尚情操。他的爱国主义以及自己对于生活经历的感悟，在其文学创作中表现得淋漓尽致。

郁达夫在文学创作上主张“文学作品，都是作家的自叙传”，因此，他常常把个人的生活经历作为小说和散文的创作的素材，将自己的思想感情、个性和人生经历融入到作品之中。郁达夫在自传体小说中，除了反映下层知识分子失意、苦闷外，还有一些作品通过知识分子的视角反映处于社会底层民众的疾苦，对劳苦大众充满同情和关怀。代表作有

《春风沉醉的晚上》《薄奠》等。

本书分为小说辑和散文辑两部分，分别从郁达夫的众多作品中精选了适合中小学生阅读的小说代表作、散文代表作，包括《沉沦》《春风沉醉的晚上》《故都的秋》《北平的四季》等名篇。

为了青少年阅读更加方便，领悟更加深刻，我们在每篇文章前加了一段导读，或介绍作品的发表背景，或介绍作品的主要内容，或分析作品所要表达的思想，这使文章的可读性大大加强。希望本书能够丰富青少年的内心，成为青少年朋友学习课本知识外的好伙伴。

目　录

小说辑

散文辑

小说辑

郁达夫小说的题材，大致可以划分为三种类型。第一类为色彩浓厚的自叙传型，主要以在日本的中国留学生为题材，代表作为《沉沦》集。这一类作品中的主人公受日本的民族歧视，因而多愁善感，孤僻自卑，有着与正常人不同的心理和言行。这类小说的把主人公压抑的苦闷心理及忧心顾国命运的哀思奇妙的交织在一起，在当时青年中产生了强烈共鸣。第二类自叙传的色彩依然比较浓厚，以留学生回国后在社会上的奔波之苦为题材。代表作品较多，有《茫茫夜》《春潮》等，作品中的主人公大多处于失业的惶恐之中，甚至找不到职业，深受理想与现实落差的折磨，部分作品颓废色彩比较浓厚。第三类为除了自叙传色彩以外，侧重于其他人物性格刻画的作品，题材涉及面比较广泛，以《春风沉醉的晚上》为代表。这类作品带有社会主义色彩，接触到了劳动人民的生活。

郁达夫小说的艺术特色可以归结为：“时代病”的色彩严重，塑造了“零余者”形象，重点采用自叙传形式。郁达夫的多数作品中的人物，大多数都是知识分子，带有感伤、孤僻、苦闷的病态性格，变态的心理言行，尤其是变态的性心理。通过这些描写揭露和控诉了造成这种状况的根源。

沉沦

导读：

《沉沦》是郁达夫早期小说的代表作品，创作于作者在日本留学期间，收录在同名小说集《沉沦》里。这部小说带有强烈的“自叙传”色彩，注重主人公内心的纷争与苦闷，大胆而又深刻地塑造了主人公形象。

“他”出生在典型的中国传统家庭，在四处求学的过程中，受到了较为开放的教育。东西方文化的交融，造就了他既传统又叛逆的性格。他的自由思想在中国传统的社会环境中，又不能被完全释放，他的内心里也因此而压抑，产生了“忧郁症的根苗”。此后的留学生涯他的忧郁症就更加严重起来。经历了重重现实的洗礼之后，最终“他”只有投海自尽来结束自己矛盾生活。

一

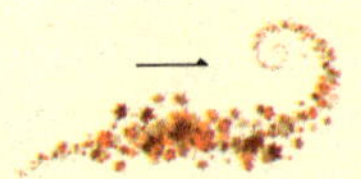

他近来觉得孤冷得可怜。

他的早熟的性情，竟把他挤到与世人绝不相容的境地去，世人与他的中间介在的那一道屏障，愈筑愈高了。

天气一天一天的清凉起来，他的学校开学之后，已经快半个月了。那一天正是9月的22日。

晴天一碧，万里无云，终古常新的皎日，依旧在她的轨道上，一程一程的在那里行走。从南方吹来的微风，同醒酒的琼浆一般，带着一种香气，一阵阵的拂上面来。在黄苍未熟的稻田中间，在弯曲同白线似的乡间的官道上面，他一个人手里捧了一本六寸长的Wordsworth的诗集，尽在那里缓缓的独步。在这大平原内，四面并无人影；不知从何处飞来的一声两声的远吠声。悠悠扬扬的传到他耳膜上来。他眼睛离开了书，同做梦似的向有犬吠声的地方看去，但看见了一丛杂树，几处人家，同鱼鳞似的屋瓦上，有一层薄薄的蜃气楼，同轻纱似的，在那里飘荡。“Oh, you serene gossamer! You beautiful gossamer!”

这样的叫了一声，他的眼睛里就涌出了两行清泪来，他自己也不知道是什么缘故。

呆呆的看了好久，他忽然觉得背上有一阵紫色的气息吹来，息索的一响，道旁的一枝小草，竟把他的梦境打破了，他回转头来一看，那枝小草还是颠摇不已，一阵带着紫罗兰气息的和风，温微微的喷到他那苍白的脸上来。在这清和的早秋的世界里，在这澄清透明的以太（Ether）中，他的身体觉得同陶醉似的酥软起来。他好像是睡在慈母怀里的样子。他好像是梦到了桃花源里的样子。他好像是在南欧的海岸，躺在情人膝上，在那里贪午睡的样子。

他看看四边，觉得周围的草木，都在那里对他微笑。看看苍空，觉得悠久无穷的大自然，微微的在那里点头。一动也不动的向天看了一会，他觉得天空中，有一群小天神，背上插着了翅膀，肩上挂着了弓箭，在那里跳舞。他觉得乐极了。便不知不觉开了口，自言自语地说：

“这里就是你的避难所。世间的一般庸人都在那里妒忌你，轻笑你，愚弄你；只有这大自然，这终古常新的苍空皎日，这晚夏的微风，这初秋的清气，还是你的朋友，还是你的慈母，还是你的情人，你也不必再到世上去与那些轻薄的男女共处去，你就在这大自然的怀里，这纯朴的乡间终老了吧。”

这样的说了一遍，他觉得自家可怜起来，好像有万千哀怨，横亘在胸中，一口说不出来的样子。含了一双清泪，他的眼睛又看到他手里的书上去。

Behold her, single in the field,
You solitary, Highl and Lass!
Reaping and singing by herself;
Stop here, or gently pass!
Alone she cuts, and binds the grain,
And sings a melancholy strain;
Oh, listen! for the vale profound
is overflowing with the sound。

看了这一节之后，他又忽然翻过一张来，脱头脱脑的看到那第三节去。

Will no one tell me what she sings? ……
Perhaps the plaintive numbers flow
Forold, unhappy, far-offthings,
And battle long ago:
Or is it some more humble lay,
Familiar matter of today?
Some natural sorrow, loss, or pain,
That has been and may be again!

这也是他近来的一种习惯，看书的时候，并没有次序的。几百页的大书，更可不必说了，就是几十页的小册子，如爱美生的《自然论》（Emerson's《OnNature》），沙罗的《逍遥游》

（Thoreau's《Ex-cursion》）之类，也没有完完全全从头至尾的读完一篇过。当他起初翻开一册书来看的时候，读了四行五行或一页二页，他每被那一本书感动，恨不得要一口气把那一本书吞下肚子里去的样子，到读了三页四页之后，他又生起一种怜惜的心来，他心里似乎说：

“像这样的奇书，不应该一口气就把它念完，要留着细细儿的咀嚼才好。一下子就念完了之后，我的热望也就不得不消灭，那时候我就没有好望，没有梦想了，怎么使得呢？”

他的脑里虽然有这样的想头，其实他的心里早有一些儿厌倦起来，到了这时候，他总把那本书收过一边，不再看下去。过几天或者过几个钟头之后，他又用了满腔的热忱，同初读那一本书的时候一样的，去读另外的书去；几日前或者几点钟前那样的感动他的那一本书，就不得不被他遗忘了。

放大了声音把渭迟渥斯的那两节诗读了一遍之后，他忽然想

把这一首诗用中国文翻译出来。

“孤寂的高原刈稻者”

他想想看，《The solitary Highland Reaper》诗题只有如此的译法。

你看那个女孩儿，她只一个人在田里，

你看那边的那个高原的女孩儿，她只一个人冷清清地！

她一边刈稻，一边在那儿唱着不已；

她忽儿停了，忽而又过去了，轻盈体态，风光细腻！

她一个人，刈了，又重把稻儿捆起，

她唱的山歌，颇有些儿悲凉的情味；

听呀听呀！这幽谷深深，

全充满了她的歌唱的清音。

有人能说否，她唱的究是什么？

或者她那万千的痴话

是唱着前代的哀歌，

或者是前朝的战事，千兵万马；

或者是些坊间的俗曲

便是目前的家常闲说？

或者是些天然的哀怨，必然的丧苦，自然的悲楚。

这些事虽是过去的回思，将来想亦必有人指诉。

他一口气译了出来之后，忽又觉得无聊起来，便自嘲自骂的说：

“这算是什么东西呀，岂不同教会里的赞美歌一样的乏味么？

“英国诗是英国诗，中国诗是中国诗，又何必译来对去呢！”

这样的说了一句，他不知不觉便微微儿地笑了起来。向四边一看，太阳已经打斜了；大平原的彼岸，西边的地平线上，有一座高山，浮在那里，饱受了一天残照，山的周围酝酿成一层朦朦胧胧的岚气，反射出一种紫不紫红不红的颜色来。

他正在那里出神呆看的时候，哼的咳嗽了一声，他的背后忽然来了一个农夫。回头一看，他就把他脸上的笑容装改了一副忧郁的面色，好像他的笑容是怕被人看见的样子。

二

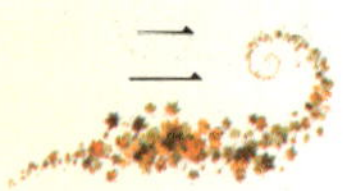

他的忧郁症愈闹愈甚了。

他觉得学校里的教科书，味同嚼蜡，毫无半点生趣。天气清朗的时候，他每捧了一本爱读的文学书，跑到人迹罕至的山腰水畔，去贪那孤寂的深味去。在万籁俱寂的瞬间，在天水相映的地方，他看看草木虫鱼，看看白云碧落，便觉得自家是一个孤高傲世的贤人，一个超然独立的隐者。有时在山中遇着一个农夫，他便把自己当作了Zaratustra，把Zaratustra所说的话，也在心里对那农夫讲了。他的Megalomania也同他的Hypochondria成了正比例，一天一天的增加起来。他竟有接连四五天不上学校去听讲的时候。

有时候到学校里去，他每觉得众人都在那里凝视他的样子。他避来避去想避他的同学，然而无论到了什么地方，他的同学的眼光，总好像怀了恶意，射在他的背脊上面。

上课的时候，他虽然坐在全班学生的中间，然而总觉得孤独得很；在稠人广众之中，感得的这种孤独，倒比一个人在冷清的地方，感得的那种孤独，还更难受。看看他的同学们，一个个都是兴高采烈的在那里听先生的讲义，只有他一个人身体虽然坐在讲堂里头，心思却同飞云逝电一般，在那里作无边无际的空想。

好容易下课的钟声响了！先生退去之后，他的同学说笑的说笑，谈天的谈天，个个都同春来的燕雀似的，在那里作乐；只有他一个人锁了愁眉，舌根好像被千钧的巨石锤住的样子，兀的不作一声。他也很希望他的同学来对他讲些闲话，然而他的同学却都自家管自家的去寻欢乐去，一见了他那一副愁容，没有一个不抱头奔散的，因此他愈加怨他的同学了。

“他们都是日本人，他们都是我的仇敌，我总有一天来复仇，我总要复他们的仇。”

一到了悲愤的时候，他总这样的想的，然而到了安静之后，他又不得不嘲骂自家说：

“他们都是日本人，他们对你当然是没有同情的，因为你想得他们的同情，所以你怨他们，这岂不是你自家的错误么？”

他的同学中的好事者，有时候也有人来向他说笑的，他心里虽然非常感激，想同那一个人谈几句知心的话，然而口中总说不出什么话来；所以有几个解他的意的人，也不得不同他疏远了。

他的同学日本人在那里欢笑的时候，他总疑他们是在那里笑他，他就一霎时的红起脸来。他们在那里谈天的时候，若有偶然看他一眼的人，他又忽然红起脸来，以为他们是在那里讲他。他同他同学中间的距离，一天一天的远背起来，他的同学都以为他是爱孤独的人，所以谁也不敢来近他的身。

有一天放课之后，他挟了书包，回到他的旅馆里来，有三个日本学生系同他同路的。将要到他寄寓的旅馆的时候，前面忽然来了两个穿红裙的女学生。在这一区市外的地方，从没有女学生看见的，所以他一见了这两个女子，呼吸就紧缩起来。他们四个人同那两个女子擦过的时候，他的三个日本人的同学都问她们说：

“你们上哪儿去？”

那两个女学生就作起娇声来回答说：

“不知道！”

“不知道！”

那三个日本学生都高笑起来，好像是很得意的样子；只有他一个人似乎是他自家同她们讲了话似的，害了羞，匆匆跑回旅馆里来。进了他自家的房，把书包用力的向席上一丢，他就在席上躺下了。他的胸前还在那里乱跳，用了一只手枕着头，一只手按着胸口，他便自嘲自骂的说：

“你这卑怯者！

“你既然怕羞，何以又要后悔？

“既要后悔，何以当时你又没有那样的胆量？不同她们去讲一句话。

“Oh，coward，coward！”

说到这里，他忽然想起刚才那两个女学生的眼波来了。那两双活泼泼的眼睛！

那两双眼睛里，确有惊喜的意思含在里头。然而再仔细想了一想，他又忽然叫起来说：

“呆人呆人！她们虽有意思，与你有什么相干？她们所送的秋波，不是单送给那三个日本人的么？唉！唉！她们已经知道了，已经知道我是支那人了，否则她们何以不来看我一眼呢！复仇复仇，我总要复他们的仇。”

说到这里，他那火热的颊上忽然滚了几颗冰冷的眼泪下来。他是伤心到极点了。这一天晚上，他记的日记说：

“我何苦要到日本来，我何苦要求学问。既然到了日本，那自然不得不被他们日本人轻侮的。中国呀中国！你怎么不富强起来，我不能再隐忍过去了。

“故乡岂不有明媚的山河，故乡岂不有如花的美女？我何苦

要到这东海的岛国里来！

“到日本来倒也罢了，我何苦又要进这该死的高等学校。他们留了五个月学回去的人，岂不在那里享荣华安乐么？这五六年的岁月，教我怎么能挨得过去。受尽了千辛万苦，积了十数年的学识，我回国去，难道定能比他们来胡闹的留学生更强么？

“人生百岁，年少的时候，只有七八年的光景，这最纯最美的七八年，我就不得不在这无情的岛国里虚度过去，可怜我今年已经是二十一了。

“槁木的二十一岁！

“死灰的二十一岁！

“我真还不如变了矿物质的好，我大约没有开花的日子了。

“知识我也不要，名誉我也不要，我只要一个安慰我体谅我的‘心’。一副白热的心肠！从这一副心肠里生出来的同情！从同情而来的爱情！

“我所要求的就是爱情！

“若有一个美人，能理解我的苦楚，她要我死，我也肯的。

“若有一个妇人，无论她是美是丑，能真心真意的爱我，我也愿意为她死的。

“我所要求的就是异性的爱情！

“苍天呀苍天，我并不要知识，我并不要名誉，我也不要那些无用的金钱，你若能赐我一个伊甸园内的‘伊扶’，使她的肉体与心灵，全归我有，我就心满意足了。”

三

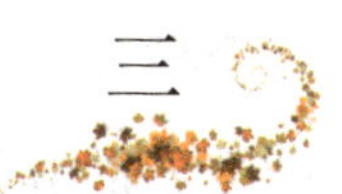

他的故乡，是富春江上的一个小市，去杭州水程不过八九十里。这一条江水，发源安徽，贯流全浙，江形曲折，风景常新，唐朝有一个诗人赞这条江水说“一川如画”。他十四岁的时候，请了一位先生写了这四个字，贴在他的书斋里，因为他的书斋的小窗，是朝着江面的。虽则这书斋结构不大，然而风雨晦明，春秋朝夕的风景，也还抵得过滕王高阁。在这小小的书斋里过了十几个春秋，他才跟了他的哥哥到日本来留学。

他三岁的时候就丧了父亲，那时候他家里困苦得不堪。好容易他长兄在日本W大学卒了业，回到北京，考了一个进士，分发在法部当差，不上两年，武昌的革命起来了。那时候他已在县立小学堂卒了

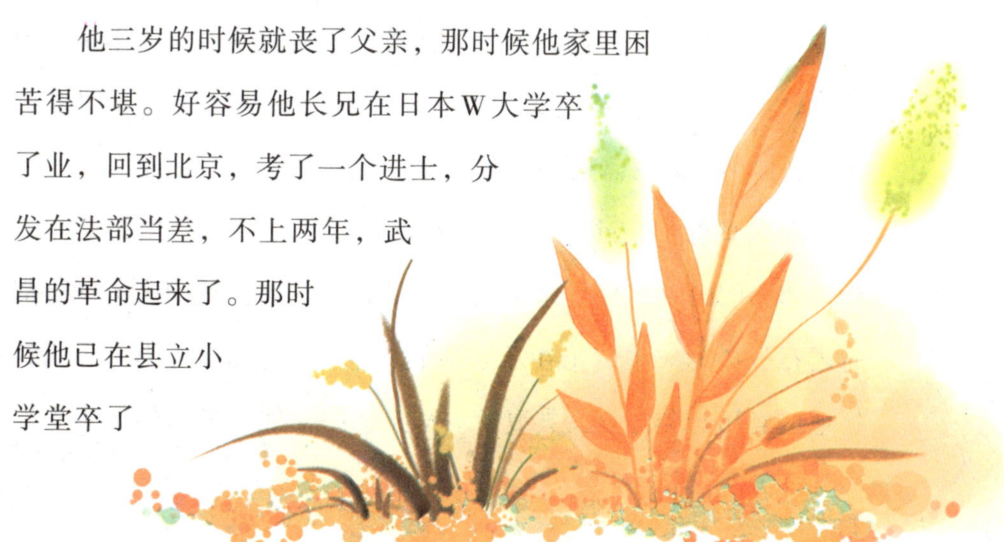

业，正在那里换来换去的换中学堂。他家里的人都怪他无恒性，说他的心思太活；然而依他自己讲来，他以为他一个人同别的学生不同，不能按部就班的同他们同在一处求学的。所以他进了K府中学之后，不上半年又忽然转了H府中学来；在H府中学住了三个月，革命就起来了。H府中学停学之后，他依旧只能回到那小小的书斋里来。第二年的春天，正是他十七岁的时候，他就进了大学的预科。这大学是在杭州城外，本来是美国长老会捐钱创办的，所以学校里浸润了一种专制的弊风，学生的自由，几乎被压缩得同针眼儿一般的小。礼拜三的晚上有什么祈祷会，礼拜日非但不准出去游玩，并且在家里看别的书也不准的，除了唱赞美诗祈祷之外，只许看新旧约书。每天早晨从九点钟到九点二十分，定要去做礼拜，不去做礼拜，就要扣分数记过。他虽然非常爱那学校近旁的山水景物，然而他的心里，总有些反抗的意思，因为他是一个爱自由的人，对那些迷信的管束，怎么也不甘心服从。住不上半年，那大学里的厨子，托了校长的势，竟打起学生来。学生中间有几个不服的，便去告诉校长，校长反说学生不是。他看看这些情形，实在是太无道理了，就立刻去告了退，仍复回家，到那小小的书斋里去，那时候已经是六月初了。

在家里住了三个多月，秋风吹到富春江上，两岸的绿树，就快凋落的时候，他又坐了帆船，下富春江，上杭州去。却好那时候石牌楼的W中学正在那里招插班生，他进去见了校长M氏，把他的经历说给了M氏夫妻听，M氏就许他插入最高的班里去。

这W中学原来也是一个教会学校，校长M氏，也是一个糊涂的美国宣教师；他看看这学校的内容倒比H大学不如了。与一位很卑鄙的教务长——原来这一位先生就是H大学的卒业生——闹了一场，第二年的春天，他就出来了。出了W中学，他看看杭州的学校，都不能如他的意，所以他就打算不再进别的学校去。

正是这个时候，他的长兄也在北京被人排斥了。原来他的长兄为人正直得很，在部里办事，铁面无私，并且比一般部内的人物又多了一些学识，所以部内上下，都忌惮他。有一天某次长的私人，来问他要一个位置，他执意不肯，因此次长就同他闹起意见来，过了几天他就辞了部里的职，改到司法界去做司法官去了。他的二兄那时候正在绍兴军队里作军官，这一位二兄军人习气颇深，挥金如土，专喜结交侠少。他们弟兄三人，到这时候都不能如意之所为，所以那一小市镇里的闲人都说他们的风水破了。

他回家之后，便镇日镇夜的蛰居在他那小小的书斋里。他父祖及他长兄所藏的书籍，就作了他的良师益友。他的日记上面，一天一天的记起诗来。有时候他也用了华丽的文章做起小说来，小说里就把他自己当作了一个多情的勇士，把他邻近的一家寡妇的两个女儿，当作了贵族的苗裔，把他故乡的风物，全编作了田园的情景；有兴的时候，他还把他自家的小说，用单纯的外国文翻释起来；他的幻想，愈演愈大了，他的忧郁病的根苗，大约也就在这时候培养成功的。在家里住了半年，到了七月中旬，他接

到他长兄的来信说：

“院内近有派予赴日本考察司法事务之意，予已许院长以东行，大约此事不日可见命令。渡日之先，拟返里小住。三弟居家，断非上策，此次当偕伊赴日本也。”他接到了这一封信之后，心中日日盼他长兄南来，到了九月下旬，他的兄嫂才自北京到家。住了一月，他就同他的长兄长嫂同到日本去了。

到了日本之后，他的Dreams of the romantic age尚未醒悟，模模糊糊的过了半载，他就考入了东京第一高等学校。这正是他十九岁的秋天。

第一高等学校将开学的时候，他的长兄接到了院长的命令，要他回去。他的长兄就把他寄托在一家日本人的家里，几天之后，他的长兄长嫂和他的新生的侄女儿就回国去了。东京的第一高等学校里有一班预备班，是为中国学生特设的。在这预科里预备一年，卒业之后，才能入各地高等学校的正科，与日本学生同学。他考入预科的时候，本来填的是文科，后来将在预科卒业的时候，他的长兄定要他改到医科去，他当时亦没有什么主见，就听了他长兄的话把文科改了。

预科卒业之后，他听说N市的高等学校是最新的，并且N市是日本产美人的地方，所以他就要求到N市的高等学校去。

四

他的二十岁的八月二十九日的晚上，他一个人从东京的中央车站乘了夜行车到N市去。

那一天大约刚是旧历的初三四的样子，同天鹅绒似的又蓝又紫的天空里，洒满了一天星斗。半痕新月，斜挂在西天角上，却似仙女的蛾眉，未加翠黛的样子。他一个人靠着了三等车的车窗，默默地在那里数窗外人家的灯火。火车在暗黑的夜气中间，一程一程的进去，那大都市的星星灯火，也一点一点的朦胧起来，他的胸中忽然生了万千哀感，他的眼睛里就忽然觉得热起来了。

“Sentimental，too sentimental！”这样的叫一声，把眼睛揩了一下，他反而自家笑起自家来。

“你也没有情人留在东京，你也没有弟兄知己住在东京，你的眼泪究竟是为谁洒的呀！或者是对于你过去的生活的伤感，或者是对你二年间的生活的余情，然而你平时不是说不爱东京的么?

“唉，一年人住岂无情。

“黄莺住久浑相识，欲别频啼四五声！”

胡思乱想的寻思了一会，他又忽然想到初次赴新大陆去的清教徒的身上去。

“那些十字架下的流人，离开他故乡海岸的时候，大约也是悲壮淋漓，同我一样的。”

火车过了横滨，他的感情方才渐渐儿的平静起来。呆呆的坐了一忽，他就取了一张明信片出来，垫在海涅（Heine）的诗集上，用铅笔写了一首诗寄他东京的朋友。

峨眉月上柳梢初，又向天涯别故居，
四壁旗亭争赌酒，六街灯火远随车，
乱离年少无多泪，行李家贫只旧书，
后夜芦根秋水长，凭君南浦觅双鱼。

在朦胧的电灯光里，静悄悄的坐了一会，他又把海涅的诗集翻开来看了。

“Ledet wohl，ihr glatten Saale，
Glatte Herren，glatte Frauen!
Aufdie Berge will ich steigen，
Lachend auf euch niederschauen！”
Heines《Harzreise》

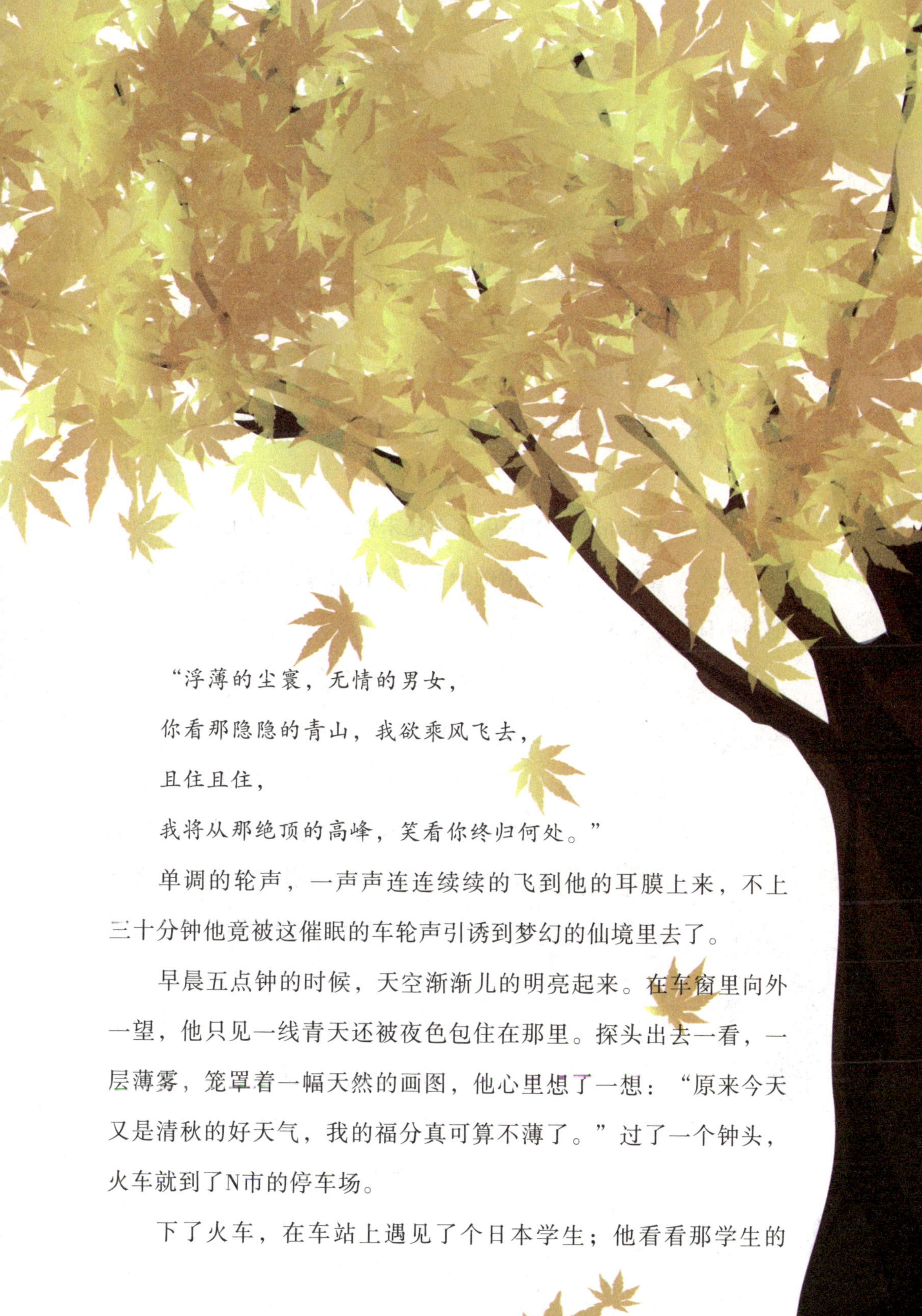

“浮薄的尘寰，无情的男女，

你看那隐隐的青山，我欲乘风飞去，

且住且住，

我将从那绝顶的高峰，笑看你终归何处。”

单调的轮声，一声声连连续续的飞到他的耳膜上来，不上三十分钟他竟被这催眠的车轮声引诱到梦幻的仙境里去了。

早晨五点钟的时候，天空渐渐儿的明亮起来。在车窗里向外一望，他只见一线青天还被夜色包住在那里。探头出去一看，一层薄雾，笼罩着一幅天然的画图，他心里想了一想：“原来今天又是清秋的好天气，我的福分真可算不薄了。”过了一个钟头，火车就到了N市的停车场。

下了火车，在车站上遇见了个日本学生；他看看那学生的制帽上也有两条白线，便知道他也是高等学校的学生。他走上前去，对那学生脱了一脱帽，问他说：

“第X高等学校是在什么地方的？”

那学生回答说：

“我们一路去罢。”

他就跟了那学生跑出火车站来，在火车站的前头，乘了电车。

时光还早得很，N市的店家都还未曾起来。他同那日本学生坐了电车，经过了几条冷清的街巷，就在鹤舞公园前面下了车。他问那日本学生说：

“学校还远得很么？”

“还有二里多路。”

穿过了公园，走到稻田中间的细路上的时候，他看看太阳已经起来了，稻上的露滴，还同明珠似的挂在那里。前面有一丛树林，树林荫里，疏疏落落的看得见几椽农舍。有两三条烟囱筒子，突出在农舍的上面，隐隐约约的浮在清晨的空气里。一缕两缕的青烟，同炉香似的在那里浮动，他知道农家已在那里炊早饭了。

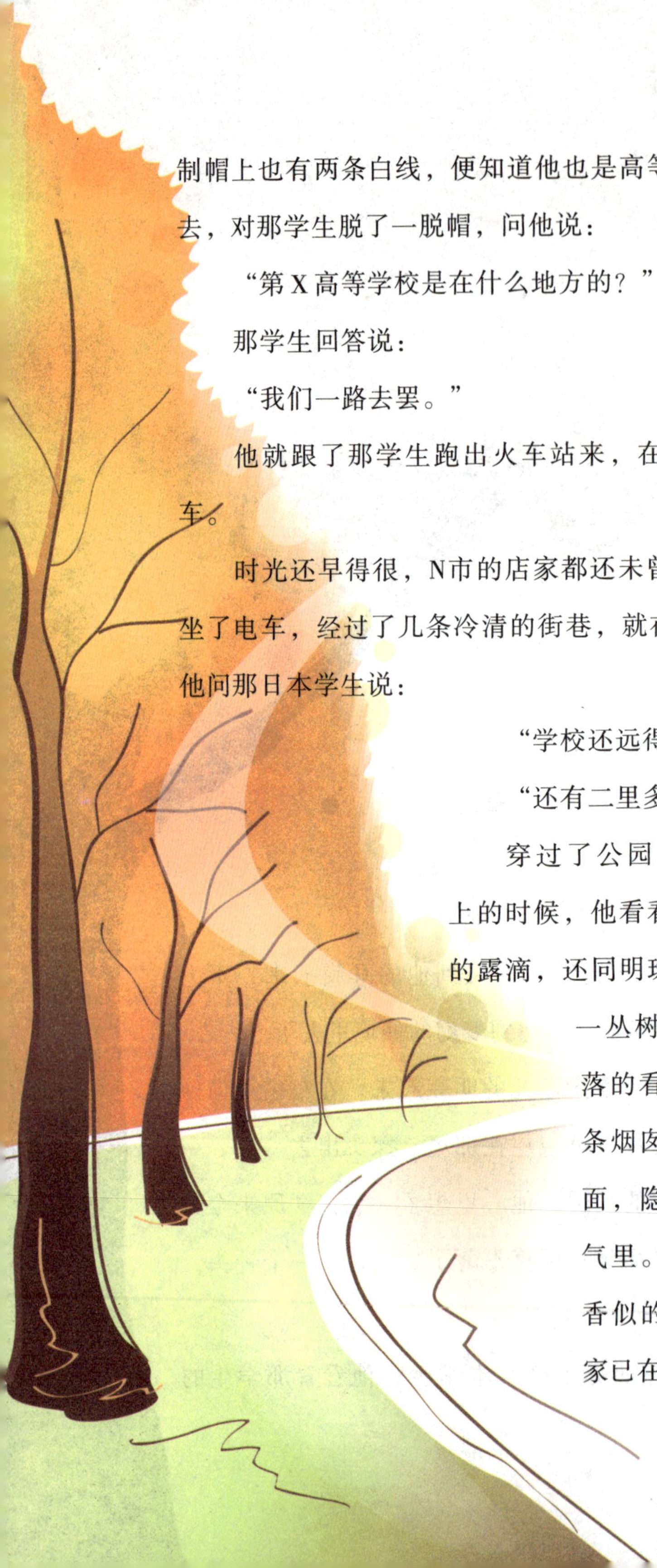

到学校近边的一家旅馆去一问，他一礼拜前头寄出的几件行李，早已经到在那里。原来那一家人家是住过中国留学生的，所以主人待他也很殷勤。在那一家旅馆里住下了之后，他觉得前途好像有许多欢乐在那里等他的样子。

他的前途的希望，在第一天的晚上，就不得不被目前的实情嘲弄了。原来他的故里，也是一个小小的市镇。到了东京之后，在人山人海的中间，他虽然时常觉得孤独，然而东京的都市生活，同他幼时的习惯尚无十分龃龉的地方。如今到了这N市的乡下之后，他的旅馆，是一家孤立的人家，四面并无邻舍，左首门外便是一条如发的大道，前后都是稻田，西面是一方池水，并且因为学校还没有开课，别的学生还没有到来，这一间宽旷的旅馆里，只住了他一个客人。白天倒还可以支吾过去，一到了晚上，他开窗一望，四面都是沉沉的黑影，并且因N市的附近是一大平原，所以望眼连天，四面并无遮障之处，远远里有一点灯火，明灭无常，森然有些鬼气。天花板里，又有许多虫鼠，息栗索落的在那里争食。窗外有几株梧桐，微风动叶，飒飒的响得不已，因为他住在二层楼上，所以梧桐的叶战声，近在他的耳边。他觉得害怕起来，几乎要哭出来了。他对于都市的怀乡病（Nostalgia）从未有比那一晚更甚的。

学校开了课，他朋友也渐渐儿的多起来。感受性非常强烈的他的性情，也同天空大地丛林野水融和了。不上半年，他竟变成了一个大自然的宠儿，一刻也离不了那天然的野趣了。他的

学校是在N市外，刚才说过市的附近是一大平原，所以四边的地平线，界限广大的很。那时候日本的工业还没有十分发达，人口也还没有增加得同目下一样，所以他的学校的近边，还多是丛林空地，小阜低岗。除了几家与学生做买卖的文房具店及菜馆之外，附近并没有居民。荒野的人间，只有几家为学生设的旅馆，同晓天的星影似的，散缀在麦田瓜地的中央。晚饭毕后，披了黑呢的缦斗（斗篷），拿了爱读的书，在迟迟不落的夕照中间，散步逍遥，是非常快乐的。他的田园趣味，大约也是在这Idyllic Wanderings的中间养成的。

在生活竞争不十分猛烈，逍遥自在，同中古时代一样的时候，在风气纯良，不与市井小人同处，清闲雅淡的地方，过日子正如做梦一样。他到了N市之后，转瞬之间，已经有半年多了。

熏风日夜地吹来，草色渐渐儿的绿起来，旅馆近旁麦田里的麦穗，也一寸一寸的长起来了。草木虫鱼都化育起来，他的从始祖传来的苦闷也一日一日的增长起来，他每天早晨，在被窝里犯的罪恶，也一次一次的加起来了。

他本来是一个非常爱高尚爱洁净的人，然而一到了这邪念发生的时候，他的智力也无用了，他的良心也麻痹了，他从小服膺的“身体发肤不敢毁伤”的圣训，也不能顾全了。他犯了罪之后，每深自痛悔，切齿的说，下次总不再犯了，然则到了第二天的那个时候，种种幻想，又活泼泼的到他的眼前来。他平时所看见的“伊扶”的遗类，都赤裸裸的来引诱他。中年以后的妇人的形体，在他的脑里，比处女更有挑发他情动的地方。他苦闷一场，恶斗一场，终究不得不做她们的俘虏。这样的一次成了两次，两次之后，就成了习惯了。他犯罪之后，每到图书馆里去翻出医书来看，医书上都千篇一律的说，于身体最有害的就是这一种犯罪。从此之后，他的恐惧心也一天一天地增加起来了。有一天他不知道从什么地方得来的消息，好像是一本书上说，俄国近代文学的创设者GoGol[①]也犯这一宗病，他到死竟没有改过来，他想到了GoGol，心里就宽了一宽，因为这《死了的灵魂》的著者，也是同他一样的。然而这不过自家对自家的宽慰而已，他的胸里，总有一种非常的忧虑存在那里。

因为他是非常爱洁净的，所以他每天总要去洗澡一次，因为他是非常爱惜身体的，所以他每天总要去吃几个生鸡子和牛乳；然而他去洗澡或吃牛乳鸡子的时候，他总觉得惭愧得很，因为这都是他的犯罪的证据。

① GoGol：果戈里。

他觉得身体一天一天的衰弱起来，记忆力也一天一天的减退了，他又渐渐儿的生了一种怕见人面的心思，见了妇人女子的时候的他觉得更加难受。学校的教科书，也渐渐的嫌恶起来，法国自然派的小说，和中国那几本有名的诲淫小说，他念了又念，几乎记熟了。

有时候他忽然做出一首好诗来，他自家便喜欢得非常，以为他的脑力还没有破坏。那时候他每对着自家起誓说："我的脑力还可以使得，还能做得出这样的诗，我以后决不再犯罪了。过去的事实是没法，我以后总不再犯罪了。若从此自新，我的脑力，还是很可以的。"

然而一到了紧迫的时候，他的誓言又忘了。

每礼拜四五，或每月的二十六七的时候，他索性尽意的贪起欢来。他的心里想，自下礼拜一或下月初一起，我总不犯罪了。

有时候正合到礼拜六或月底的晚上，去剃头洗澡去，以为这就是改过自新的记号，然而过几天他又不得不吃鸡子和牛乳了。

他的自责心同恐惧心，竟一日也不使他安闲，他的忧郁症也从此厉害起来了。这样的状态继续了一二个月，他的学校里就放了暑假，暑假的两个月内，他受的苦闷，更甚于平时；到了学校开课的时候，他的两颊的颧骨更高起来，他的青灰色的眼窝更大起来，他的一双灵活的瞳仁，变了同死鱼眼睛一样了。

五

秋天又到了。浩浩的苍空，一天一天的高起来。他的旅馆旁边的稻田，都带起黄金色来。朝夕的凉风，同刀也似的刺到人的心骨里去，大约秋冬的佳日，来也不远了。

一礼拜前的有一天午后，他拿了一本Wordsworth的诗集，在田塍路上逍遥漫步了半天。从那一天以后，他的循环性的忧郁症，尚未离他的身过。前几天在路上遇着的那两个女学生，常在他脑里，不使他安静，想起那一天的事情，他还是一个人要红起脸来。

他近来无论上什么地方去，总觉得有坐立难安的样子。他上学校去的时候，觉得他的日本同学都似在那里排斥他。他的几个中国同学，也许久不去寻访了，因为去寻访了回来，他心里反觉得空虚。因为他的几个中国同学，怎么也不能理解他的心理。他去寻访的时候，总想得些同情回来的，然而到了那里，谈了几句以后，他又不得不自悔寻访错了。有时候和朋友讲得投机，他就

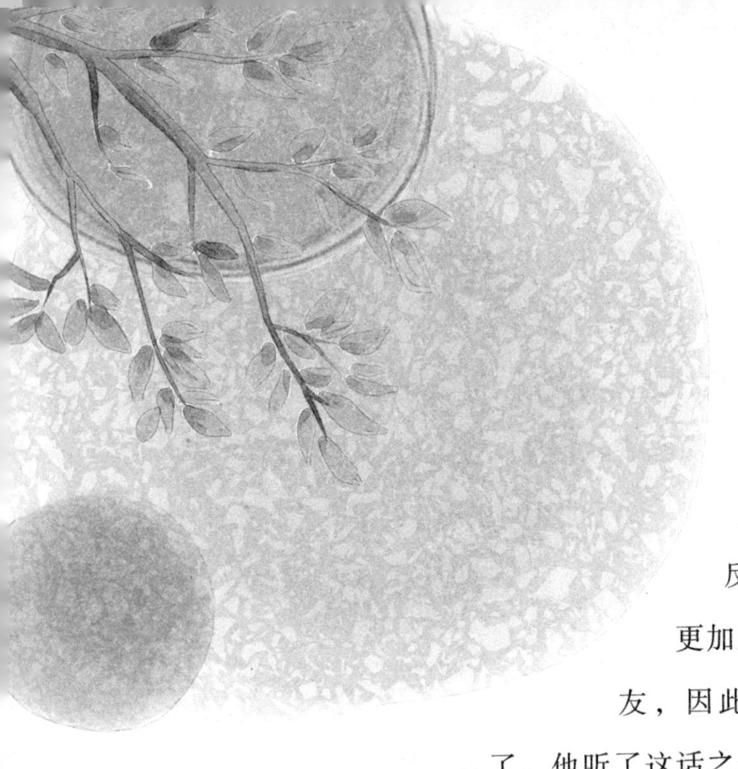

任了一时的热意，把他的内外的生活都对朋友讲了出来，然而到了归途，他又自悔失言，心里的责备，倒反比不去访友的时候，更加厉害。他的几个中国朋友，因此都说他是染了神经病了。他听了这话之后，对了那几个中国同学，也同对日本学生一样，起了一种复仇的心。他同他的几个中国同学，一日一日的疏远起来。嗣后虽在路上，或在学校里遇见的时候，他同那几个中国同学，也不点头招呼。中国留学生开会的时候，他当然是不去出席的。因此他同他的几个同胞，竟宛然成了两家仇敌。

他的中国同学的里边，也有一个很奇怪的人，因为他自家的结婚有些道德上的罪恶，所以他专喜讲人家的丑事，以掩己之不善，说他是神经病，也是这一位同学说的。

他交游离绝之后，孤冷得几乎到将死的地步，幸而他住的旅馆里，还有一个主人的女儿，可以牵引他的心，否则他真只能自杀了。他旅馆的主人的女儿，今年正是十七岁，长方的脸儿，眼睛大得很，笑起来的时候，面上有两颗笑靥，嘴里有一颗金牙看得出来，因为她自家觉得她自家的笑容是非常可爱，所以她平时常在那里弄笑。

他心里虽然非常爱她，然而她送饭来或来替他铺被的时候，他总装出一种兀不可犯的样子来。他心里虽想对她讲几句话，然而一见了她，他总不能开口。她进他房里来的时候，他的呼吸竟急促到吐气不出的地步。他在她的面前实在是受苦不起了，所以近来她进他的房里来的时候，他每不得不跑出房外去。然而他思慕她的心情，却一天一天的浓厚起来。有一天礼拜六的晚上，旅馆里的学生，都上N市去行乐去了。他因为经济困难，所以吃了晚饭，上西面池上去走了一回，就回到旅舍里来枯坐。

回家来坐了一会，他觉得那空旷的二层楼上，只有他一个人在家。静悄悄的坐了半晌，坐得不耐烦起来的时候，他又想跑出外面去。然而要跑出外面去，不得不由主人的房门口经过，因为主人和他女儿的房，就在大门的边上。他记得刚才进来的时候，主人和他的女儿正在那里吃饭。他一想到经过她面前的时候的苦楚，就把跑出外面去的心思丢了。

拿出了一本G. GissinG的小说来读了三四页之后，静寂的空气里，忽然传了几声沙沙的泼水声音过来。他静静儿的听了一听，呼吸又一霎时的急了起来，面色也涨红了。迟疑了一会，他就轻轻的开了房门，拖鞋也不拖，幽脚幽手的走下扶梯去。轻轻的开了便所的门，他尽兀自的站在便所的玻璃窗口偷看。原来他旅馆里的浴室，就在便所的间壁，从便所

的玻琉窗看去，浴室里的动静了了可看。他起初以为看一看就可以走的，然而到了一看之后，他竟同被钉子钉住的一样，动也不能动了。

那一双雪样的乳峰！

那一双肥白的大腿！

这全身的曲线！

呼气也不呼，仔仔细细的看了一会，他面上的筋肉，都发起痉挛来了。愈看愈颤得厉害，他那发颤的前额部竟同玻琉窗冲击了一下。被蒸气包住的那赤裸裸的“伊扶”便发了娇声问说：

“是谁呀？……”

他一声也不响，急忙跳出了便所，就三脚两步的跑上楼上去了。

他跑到了房里，面上同火烧的一样，口也干渴了。一边他自家打自家的嘴巴，一边就把他的被窝拿出来睡了。他在被窝里翻来覆去，总睡不着，便立起了两耳，听起楼下的动静来。他听听泼水的声音也息了，浴室的门开了之后，他听见她的脚步声好像是走上楼来的样子。用被包着了头，他心里的耳朵明明告诉他说：

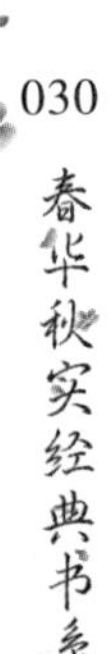

“她已经立在门外了。”

他觉得全身的血液，都在往上奔注的样子。心里怕得非常，羞得非常，也喜欢得非常。然而若有人问他，他无论如何，总不肯承认说，这时候他是喜欢的。

他屏住了气息，尖着了两耳听了一会，觉得门外并无动静，又故意咳嗽了一声，门外亦无声响。他正在那里疑惑的时候，忽听见她的声音，在楼下同她的父亲在那里说话。他手里捏了一把冷汗，拼命想听出她的话来，然而无论如何总听不清楚。停了一会，她的父亲高声笑了起来，他把被蒙头的一罩，咬紧了牙齿说：

“她告诉了他了！她告诉了他了！”这一天的晚上他一睡也不曾睡着。第二天的早晨，天亮的时候，他就惊心吊胆的走下楼来。洗了手面，刷了牙，趁主人和他的女儿还没有起来之先，他就同逃也似的出了那个旅馆，跑到外面来。

官道上的沙尘，染了朝露，还未曾干着。太阳已经起来了。他不问皂白，便一直的往东走去，远远有一个农夫，拖了一车野菜慢慢的走来。那农夫同他擦过的时候，忽然对他说：

“你早啊！”

他倒惊了一跳，那清瘦的脸上，又起了一层红潮，胸前又乱跳起来，他心里想：

“难道这农夫也知道了么？”

无头无脑的跑了好久，他回转头来看看他的学校，已经远得很了，举头看看，太阳也升高了。他摸摸表看，那银饼大的表，也不在身边。从太阳的角度看起来，大约已经是九点钟前后的样子。他虽然觉得饥饿得很，然而无论如何，总不愿意再回到那旅馆里去，同主人和他的女儿相见。想去买些零食充一充饥，然而他摸摸自家的袋看，袋里只剩了一角二分钱在那里。他到一家乡下的杂货店内，尽那一角二分钱，买了些零碎的食物，想去寻一处无人看见的地方去吃。走到了一处两路交叉的十字路口，他朝南的一望，只见与他的去路横交的那一条自北趋南的路上，行人稀少得很。那一条路是向南的斜低下去的，两面更有高壁在那里，他知道这路是从一条小山中开辟出来的。他刚才走来的那条大道，便是这山的岭脊，十字路当作了中心，与岭脊上的那条大道相交的横路，是两边低斜下去的。在十字路口迟疑了一会，他就取了那一条向南斜下的路走去。走尽了两面的高壁，他的去路就穿入大平原去，直通到彼岸的市内。平原的彼岸有一簇深林，划在碧空的心里，他心里想：

“这大约就是A神宫了。”

他走尽了两面的高壁，向左手斜面上一望，见沿高壁的那山面上有一道女墙，围住着几间茅舍，茅舍的门上悬着了“香雪海”三字的一方匾额。他离开了正路，走上几步，到那女墙的门前，顺手的向门一推，那两扇柴门竟自开了。他就随随便便的踏了进去。门内有一条曲径，自门口通过了斜面，直达到山上去的。曲径的两旁，有许多老苍的梅树种在那里，他知道这就是梅林了。顺了那一条曲径，往北的从斜面上走到山顶的时候，一片同图画似的平地，展开在他的眼前。这园自从山脚上起，跨有朝南的半山斜面，同顶上的一块平地，布置得非常幽雅。

山顶平地的西面是千仞的绝壁，与隔岸的绝壁相对峙，两壁的中间，便是他刚走过的那一条自北趋南的通路。背临着了那绝壁，有一间楼屋，几间平屋造在那里。因为这几间屋，门窗都闭在那里，他所以知道这定是为梅花开日，卖酒食用的。楼屋的前面，有一块草地，草地中间，有几方白石，围成了一个花园，圈子里，卧着一枝老梅，那草地的南尽头，山顶的平正要向南斜下去的地方，有一块石碑立在那里，系记这梅林的历史的。他在碑前的草地上坐下之后，就把买来的零食拿出来吃了。

吃了之后，他兀兀的在草地上坐了一会。四面并无人声，远远的树枝上，时有一声两声的鸟鸣声飞来。他仰起头来看看澄清的碧落，同那皎洁的日轮，觉得四面的树枝房屋，小草飞禽，都一样的在和平的太阳光里，受大自然的化育。他那昨天晚上的犯罪的记忆，正同远海的帆影一般，不知消失到哪里去了。

这梅林的平地上和斜面上，叉来叉去的曲径很多。他站起来走来走去的走了一会，方晓得斜面上梅树的中间，更有一间平屋造在那里。从这一间房屋往东的走去几步，有眼古井，埋在松叶堆中。他摇摇井上的唧筒看，呷呷的响了几声，却抽不起水来。他心里想：

“这园大约只有梅花开的时候，开放一下，平时总没有人住的。”

到这时他又自言自语的说：

“既然空在这里，我何妨去向园主人去借住借住。”想定

了主意，他就跑下山来，打算去寻园主人去。他将走到门口的时候，却好遇见了一个五十来岁的农夫走进园来。他对那农夫道歉之后，就问他说：

“这园是谁的，你可知道？”

“这园是我经管的。”“你住在什么地方的？”“我住在路的那面。”

一边这样的说，一边那农民指着通路西边的一间小屋给他看。他向西一看，果然在西边的高壁尽头的地方，有一间小屋在那里。他点了点头，又问说：

“你可以把园内的那间楼屋租给我住住么？”

“可是可以的，你只一个人么？”

“我只一个人。”

“那你可不必搬来的。”

“这是什么缘故呢？”

“你们学校里的学生，已经有几次搬来过了，大约都因为冷静不过，住不上十天，就搬走的。”

“我可同别人不同，你但能租给我，我是不怕冷静的。”

“这样哪里有不租的道理，你想什么时候搬来？”

“就是今天午后罢。”

“可以的，可以的。”

“请你就替我扫一扫干净，免得搬来之后着忙。”

"可以可以。再会！"

"再会！"

六

搬进了山上梅园之后，他的忧郁症又变起形状来了。

他同他的北京的长兄，为了一些儿细事，竟生起龃龉来。他发了一封长长的信，寄到北京，同他的长兄绝了交。

那一封信发出之后，他呆呆的在楼前草地上想了许多时候。他自家想想看，他便是世界上最不幸的人了。其实这一次的决裂，是发始于他的。同室操戈，事更甚于他姓之相争，自此之后，他恨他的长兄竟同蛇蝎一样，他被他人欺侮的时候，每把他长兄拿出来作比：

"自家的弟兄，尚且如此，何况他人呢！"

他每达到这一个结论的时候，必尽把他长兄待他苛刻的事情，细细回想出来。把各种过去的事迹，列举出来之后，就把他长兄判决是一个恶人，他自家是一个善人。他又把自家的好处列举出来，把他所受的苦处，夸大的细数起来。他证明得自家是一个世界上最苦的人的时候，他的眼泪就同瀑布似的流下来。他在那里哭的时候，空中好像有一种柔和的声音在对他说：

"啊呀，哭的是你么？那真是冤屈了你了。像你这样的善人，受世人的那样的虐待，这可真是冤屈了你了。罢了罢了，这也是天命，你别再哭了，怕伤害了你的身体！”

他心里一听到这一种声音，就舒畅起来。他觉得悲苦的中间，也有无穷的甘味在那里。

他因为想复他长兄的仇，所以就把所学的医科丢弃了，改入文科里去，他的意思，以为医科是他长兄要他改的，仍旧改回文科，就是对他长兄宣战的一种明示。并且他由医科改入文科，在高等学校须迟卒业一年。他心里想，迟卒业一年，就是早死一岁，你若因此迟了一年，就到死可以对你长兄含一种敌意。因为他恐怕一二年之后，他们兄弟两人的感情，仍旧要和好起来；所以这一次的转科，便是帮他永久敌视他长兄的一个手段。

气候渐渐儿的寒冷起来，他搬上山来之后，已经有一个月了，几日来天气阴郁，灰色的层云，天天挂在空中。寒冷的北风吹来的时候，梅林的树叶，每息索息索的飞掉下来。初搬来的时候，他卖了些旧书，买了许多烩饭的器具，自家烧了一个月饭，因为天冷了，他也懒得烧了。他每天的伙食，就一切包给了山脚下的园丁家包办，所以他近来只同退院的闲僧一样，除了怨人骂己之外，更没有别的事情了。

有一天早晨，他侵早的起来，把朝东的窗门开了之后，他看见前面的地平线上有几缕红云，在那里浮荡。东天半角，反照出一种银红的灰色。因为昨天下了一天微雨，所以他看了这清新的旭日，比平日更添了几分欢喜。他走到山的斜面上，从那古井里汲了水，洗了手面之后，觉得满身的气力，一霎时都回复了转来的样子。他便跑上楼去，拿了一本黄仲则的诗集下来，一边高声朗读，一边尽在那梅林的曲径里，跑来跑去的跑圈子。不多一会，太阳起来了。

从他住的山顶向南方看去，眼下看得出一大平原。平原里的稻田，都尚未收割起。金黄的谷色，以绀碧的天空作了背景，反映着一天太阳的晨光，那风景正同看密来（Millet）的田园清画一般。他觉得自家好像已经变了几千年前的原始基督教徒的样子，对了这自然的默示，他不觉笑起自家的气量狭小起来。

“赦饶了！赦饶了！你们世人得罪于我的地方，我都饶赦了你们罢，来，你们来，都来同我讲和罢！”手里拿着了那一本诗集，眼里浮着了两泓清泪，正对了那平原的秋色，呆呆的立在那里想这些事情的时候，他忽听见他的近边，有两人在那里低声的说：

“今晚上你一定要来的哩！”

这分明是男子的声音。

“我是非常想来的，但是恐怕……”

他听了这娇滴滴的女子的声音之后，好像是被电气贯穿了的样子，觉得自家的血液循环都停止了。原来他的身边有一丛长大的苇草生在那里，他立在苇草的右面，那一对男女，大约是在苇草的左面，所以他们两个还不晓得隔着苇草，有人站在那里。那男人又说：

“你心真好，请你今晚上来罢，我们到如今还没在被窝里睡过觉。”

“……”

他忽然听见两人的嘴唇，灼灼的好像在那里吮吸的样子。

他同偷了食的野狗一样，就惊心吊胆的把身子屈倒去听了。

“你去死罢，你去死罢，你怎么会下流到这样的地步！”

他心里虽然如此的在那里痛骂自己，然而他那一双尖着的耳朵，却一言半语也不愿意遗漏，用了全副精神在那里听着。

地上的落叶索息索息的响了一下。

解衣带的声音。

男人嘶嘶的吐了几口气。

舌尖吮吸的声音。

女人半轻半重，断断续续的说：

“你！……你！……你快……快〇〇罢。……别……别……

别被人……被人看见了。”

他的面色，一霎时的变了灰色了。他的眼睛同火也似的红了起来。他的上腭骨同下腭骨呷呷的发起颤来。他再也站不住了。他想跑开去，但是他的两只脚，总不听他的话。他苦闷了一场，听听两人出去了之后，就同落水的猫狗一样，回到楼上房里去，拿出被窝来睡了。

七

他饭也不吃，一直在被窝里睡到午后四点钟的时候才起来。那时候夕阳洒满了远近。平原的彼岸的树林里，有一带苍烟，悠悠扬扬的笼罩在那里。他踉踉跄跄的走下了山，上了那一条自北趋南的大道，穿过了那平原，无头无绪的尽是向南的走去。走尽了平原，他已经到了神宫前的电车停留处了。那时候却好从南面有一乘电车到来，他不知不觉就跳了上去，既不知道他究章为什么要乘电车，也不知道这电车是往什么地方去的。

走了十五六分钟，电车停了，运车的教他换车，他就换了一乘车。走了二三十分钟，电车又停了，他听见说是终点了，他就走了下来。他的前面就是筑港了。

前面一片汪洋的大海，横在午后的太阳光里，在那里微笑。超海而南有一条青山，隐隐的浮在透明的空气里，西边是一脉长堤，直驰到海湾的心里去。堤外有一处灯台，同巨人似的，立在那里。几艘空船和几只舢板，轻轻的在系着的地方浮荡。海中近岸的地方，有许多浮标，饱受了斜阳，红红的浮在那里。远处风来，带着几句单调的话声，既听不清楚是什么话，也不知道是从哪里来的。

他在岸边上走来走去走了一会，忽听见那一边传过了一阵击磬的声来。他跑过去一看，原来是为唤渡船而发的。他立了一会，看有一只小火轮从对岸过来了。跟着了一个四五十岁的工人，他也进了那只小火轮去坐下了。

渡到东岸之后，上前走了几步，他看见靠岸有一家大庄子在那里。大门开得很大，庭内的假山花草，布置得楚楚可爱。他不问是非，就踱了进去。走不上几步，他忽听得前面家中有女人的娇声叫他说：

“请进来呀！”

他不觉惊了一下，就呆呆的站住了。他心里想：

“这大约就是卖酒食的人家，但是我听见说，这样的地方，总有妓女在那里的。”

一想到这里，他的精神就抖擞起来，好像是一桶冷水浇上身来的样子。他的面色立时变了。要想进去又不能进

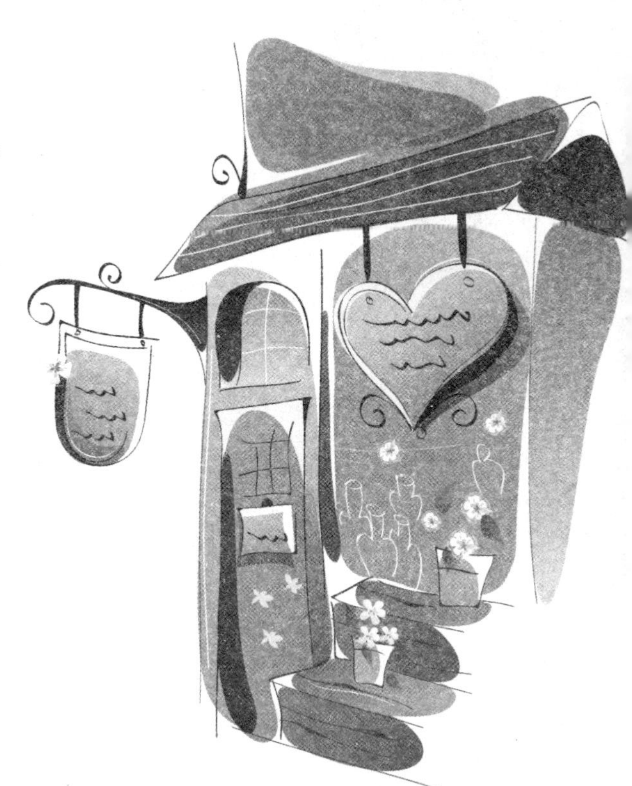

去，要想出来又不得出来；可怜他那同兔儿似的小胆，同猿猴似的淫心，竟把他陷到一个大大的难境里去了。

“进来吓！请进来吓！”

里面又娇滴滴的叫了起来，带着笑声。

“可恶东西，你们竟敢欺我胆小么？”

这样的怒了一下，他的面色更同火也似的烧了起来。咬紧了牙齿，把脚在地上轻轻的蹬了一蹬，他就捏了两个拳头，向前进去，好像是对了那几个年轻的侍女宣战的样子。但是他那青一阵红一阵的面色，和他的面上的微微儿在那里震动的筋肉，总隐藏不过。他走到那几个侍女的面前的时候，几乎要同小孩似的哭出来了。

“请上来！”

“请上来！”

他硬了头皮，跟了一个十七八岁的侍女走上楼去，那时候他的精神已经有些镇静下来了。走了几步，经过一条暗暗的夹道的时候，一阵恼人的花粉香气，同日本女人特有的一种肉的香味，和头发上的香油气息合作了一处，哼的扑上他的鼻孔来。他立刻觉得头晕起来，眼睛里看见了几颗火星，向后边跌也似的退了一步。他再定睛一看，只见他的前面黑暗暗的中间，有一长圆形的女人的粉面，堆着了微笑，在那里问他说：

“你！你还是上靠海的地方呢？还是怎样？”

他觉得女人口里吐出来的气息，也热和和的哼上他的面来。他不知不觉把这气息深深的吸了一口。他的意识，感觉到他这行为的时候，他的面色又立刻红了起来。他不得已只能含含糊糊的答应她说：

“上靠海的房间里去。”

进了一间靠海的小房间，那侍女便问他要什么菜。他就回答说：

“随便拿几样来罢。”

“酒要不要？”

“要的。”

那侍女出去之后，他就站起来推开了纸窗，从外边放了一阵空气进来。因为房里的空气，沉浊得很，他刚才在夹道中闻过的那一阵女人的香味，还剩在那里，他实在是被这一阵气味压迫不过了。

一湾大海，静静的浮在他的面前。外边好像是起了微风的样子，一片一片的海浪，受了阳光的返照，同金鱼的鱼鳞似的，在那里微动。他立在窗前看了一会，低声的吟了一句诗出来：

“夕阳红上海边楼。”

他向西的一望，见太阳离西南的地平线只有一丈多高了。呆呆的看了一会，他的心想怎么也离不开刚才的那个侍女。她的口里的头上的面上的和身体上的那一种香味，怎么也不容他的心思去想别的东西。他才知道他想吟诗的心是假的，想女人的肉体的心是真的了。

停了一会，那侍女把酒菜搬了进来，跪坐在他的面前，亲亲热热的替他上酒。他心里想仔仔细细的看她一看，把他的心里的苦闷都告诉了她，然而他的眼睛怎么也不敢平视她一眼，他的舌根怎么也不能摇动一摇动。他不过同哑子一样，偷看看她那搁在膝上一双纤嫩的白手，同衣缝里露出来的一条粉红的围裙角。

原来日本的妇人都不穿裤子，身上贴肉只围着一条短短的围裙。外边就是一件长袖的衣服，衣服上也没有纽扣，腰里只缚着一条一尺多宽的带子，后面结着一个方结。她们走路的时候，前面的衣服每一步一步的掀开来，所以红色的围裙，同肥白的腿肉，每能偷看。这是日本女子特别的美处；他在路上遇见女子的时候，注意的就是这些地方。他切齿的痛骂自己，畜生！狗贼！卑怯的人！也便是这个时候。

他看了那侍女的围裙角，心头便乱跳起来。愈想同她说话，但愈觉得讲不出话来。大约那侍女是看得不耐烦起来了，便轻轻的问他说：

“你府上是什么地方？”

一听了这一句话，他那清瘦苍白的面上，又起了一层红色；含含糊糊的回答了一声，他呐呐的总说不出清晰的回话来。可怜他又站在断头台上了。

原来日本人轻视中国人，同我们轻视猪狗一样。日本人都叫中国人作“支那人”，这“支那人”三字，在日本，比我们骂人的“贱贼”还更难听，如今在一个如花的少女前头，他不得不自认说“我是支那人”了。

“中国呀中国，你怎么不强大起来！”

他全身发起抖来，他的眼泪又快滚下来了。

那侍女看他发颤发得厉害，就想让他一个人在那里喝酒，好教他把精神安镇安镇，所以对他说：

“酒就快没有了，我再去拿一瓶来罢？”

停了一会他听得那侍女的脚步声又走上楼来。他以为她是上他这里来的，所以就把衣服整了一整，姿势改了一改。但是他被她欺骗了。她原来是领了两三个另外的客人，上间壁的那一间房间里去的。那两三个客人都在那里对那侍女取笑，那侍女也娇滴滴的说：

“别胡闹了，间壁还有客人在那里。”

他听了就立刻发起怒来。他心里骂他们说：

“狗才！俗物！你们都敢来欺侮我么？复仇复仇，我总要复你们的仇。世间那里有真心的女子！那侍女的负心东西，你竟敢把我丢了么？罢了罢了，我再也不爱女人了，我再也不爱女人了。我就爱我的祖国，我就把我的祖国当作了情人罢。”

他马上就想跑回去发愤用功。但是他的心里，却很羡慕那间壁的几个俗物。他的心里，还有一处地方在那里盼望那个侍女再回到他这里来。

他按住了怒，默默的喝干了几杯酒，觉得身上热起来。打开了窗门，他看太阳就快要下山去了。又连饮了几杯，他觉得他面前的海景都朦胧起来。西面堤外的灯台的黑影，长大了许多。一层茫茫的薄雾，把海天融混作了一处。在这一层浑沌不明的薄纱影里，西方的将落不落的太阳，好像在那里惜别的样子。他看了一会，不知道是什么缘故，只觉得好笑。呵呵的笑了一回，他用手擦擦自家那火热的双颊，便自言自语的说：

“醉了醉了！”

那侍女果然进来了。见他红了脸，立在窗口在那里痴笑，便问他说：

“窗开了这样大，你不冷的么？”

“不冷不冷，这样好的落照，谁舍得不看呢？”

“你真是一个诗人呀！酒拿来了。”

“诗人！我本来是一个诗人。你去把纸笔拿了来，我马上写首诗给你看看。”

那侍女出去了之后，他自家觉得奇怪起来。他心里想：“我怎么会变了这样大胆的？”

痛饮了几杯新拿来的热酒，他更觉得快活起来，又禁不得呵呵笑了一阵。他听见间壁房间里的那几个俗物，高声的唱起日本歌来，他也放大了嗓子唱着说：

“醉拍阑干酒意寒，江湖寥落又冬残。

剧怜鹦鹉中州骨，未拜长沙太傅宫。

一饭千金图报易，几人五噫出关难。

茫茫烟水回头望，也为神州泪暗弹。”

高声的念了几遍，他就在席上醉倒了。

八

一醉醒来，他看看自家睡在一条红绸的被里，被上有一种奇怪的香气。这一间房间也不很大，但已不是白天的那一间房间了。房中挂着一盏十烛光的电灯，枕头边上摆着了一壶茶，两只杯子。他倒了二三杯茶，喝了之后，就踉踉跄跄的走到房外去。他开了门，却好白天的那侍女也跑过来了。她问他说：

“你！你醒了么？”

他点了一点头，笑微微的回答说：

“醒了。便所是在什么地方的？”

“我领你去罢。”

他就跟了她去。他走过日间的那条夹道的时间，电灯点得明亮得很。远近有许多歌唱的声音，三弦的声音，大笑的声音传到他耳朵里来。白天的情节，他都想出来了。一想到酒醉之后，他对那侍女说的那些话的时候，他觉得面上又发起烧来。

从厕所回到房里之后，他问那侍女说：

“这被是你的么？”

侍女笑着说：

“是的。”

“现在是什么时候了？”

“大约是八点四五十分的样子。”

“你去开了账来罢！”

“是。”

他付清了账，又拿了一张纸币给那侍女，他的手不觉微颤起来。那侍女说：“我是不要的。”

他知道她是嫌少了。他的面色又涨红了，袋里摸来摸去，只有一张纸币了，他就拿了出来给她说：“你别嫌少了，请你收了罢。”

他的手震动得更加厉害，他的话声也颤动起来了。那侍女对他看了一眼，就低声的说：

“谢谢！”

他直的跑下了楼，套上了皮鞋，就走到外面来。

外面冷得非常，这一天大约是旧历的初八九的样子。半轮寒月，高挂在天空的左半边。淡青的圆形盖里，也有几点疏星，散在那里。

他在海边上走了一回，看看远岸的渔灯，同鬼火似的在那里招引他。细浪中间，映着了银色的月光，好像是山鬼的眼波，在那里开闭的样子。不知是什么道理，他忽想跳入海里去死了。

他摸摸身边看，乘电车的钱也没有了。想想白天的事情看，他又不得不痛骂自己。

“我怎么会走上那样的地方去的？我已经变了一个最下等的人了。悔也无及，悔也无及。我就在这里死了罢。我所求的爱情，大约是求不到的了。没有爱情的生涯，岂不同死灰一样么？唉，这干燥的生涯，这干燥的生涯，世上的人又都在那里仇视我，欺侮我，连我自家的亲弟兄，自家的手足，都在那里排挤我到这世界外去。我将何以为生，我又何必生存在这多苦的世界里呢！”

想到这里，他的眼泪就连连续续的滴了下来。他那灰白的面色，竟同死人没有分别了。他也不举起手来揩揩眼泪，月光射到他的面上，两条泪线，倒变了叶上的朝露一样放起光来。他回转头来看看他自家的又瘦又长的影子，就觉得心痛起来。

“可怜你这清影，跟了我二十一年，如今这大海就是你的葬身地了，我的身子，虽然被人家欺辱，我可不该累你也瘦弱到这步田地的。影子呀影子，你饶了我罢！”

他向西面一看，那灯台的光，一霎变了红一霎变了绿的在那里尽它的本职。那绿的光射到海面上的时候，海面就现出一条淡青的路来。再向西天一看，他只见西方青苍苍的天底下，有一颗明星，在那里摇动。

“那一颗摇摇不定的明星的底下，就是我的故国。也就是我的生地。我在那一颗星的底下，也曾送过十八个秋冬，我的乡土啊，我如今再也不能见你的面了。”

他一边走着，一边尽在那里自伤自悼的想这些伤心的哀话。

走了一会，再向那西方的明星看了一眼，他的眼泪便同骤雨似的落下来了。他觉得四边的景物，都模糊起来。把眼泪揩了一下，立住了脚，长叹了一声，他便断断续续的说：

“祖国呀祖国！我的死是你害我的！

“你快富起来！强起来罢！

“你还有许多儿女在那里受苦呢！”

（一九二一年五月九日改作）

春风沉醉的晚上

导读：

《春风沉醉的晚上》创作于1923年7月，是中国现代文学中最早表现工人生活的作品之一。它无论是在思想上，还是在艺术手法上，都被认为是“五四”优秀短篇小说中的精品。

“我”是一位穷困潦倒的知识分子，为生活所迫，住在贫民窟中破旧的阁楼里。在这里，“我”遇到了同样经历着生活种种磨难的烟厂女工。共同的生活处境，产生了对生活同样的不满与愤恨，于是他们相互同情，相互体贴。本文以黑暗污浊的大都市为背景，反映出阶级矛盾，透露出下层人民的苦难，展示了他们自发的反抗意识及美好的心灵。

作品成功地刻画了一位正直、善良、真诚、乐于助人的烟厂女工的形象。在那样的社会中，下层知识分子与穷苦工人之间是可以沟通的，作者歌颂了他们之间真挚的友谊。

一

在沪上闲居了半年，因为失业的结果，我的寓所迁移了三处。最初我住在静安寺路南的一间同鸟笼似的永也没有太阳晒着的自由的监房里。这些自由的监房的住民，除了几个同强盗小窃一样的凶恶裁缝之外，都是些可怜的无名文士，我当时所以送了那地方一个Yellow Grab Street的称号。在这Grub Street里住了一个月，房租忽涨了价，我就不得不拖了几本破书，搬上跑马厅附近一家相识的栈房里去。后来在这栈房里又受了种种逼迫，不得不搬了，我便在外白渡桥北岸的邓脱路中间，日新里对面的贫民窟里，寻了一间小小的房间，迁移了过去。

邓脱路的这几排房子，从地上量到屋顶，只有一丈几尺高。我住的楼上的那间房间，更是矮小得不堪。若站在楼板上伸一伸懒腰，两只手就要把灰黑的屋顶穿通的。从前面的蹝里蹝进了那房子的门，便是房主的住房。在破布洋铁罐玻璃瓶旧铁器堆满的中间，侧着身子走进两步，就有一张中间有几根横档跌落的梯子靠墙摆在那里。用了这张梯子往上面的黑黝黝的一个二尺宽的洞里一接，即能走上楼去。黑沉沉的这层楼上，本来只有猫额那样大，房主人却把它隔成了两间小房，外面一间是一个N烟公司的女工住在那里，我所租的是梯子口头的那间小房，因为外间的住者要从我的房里出入，所以我的每月的房租要比外间的便宜几角小洋。

我的房主，是一个五十来岁的弯腰老人。他的脸上的青黄色里，映射着一层暗黑的油光。两只眼睛是一只大一只小，颧骨很高，额上颊上的几条皱纹里满砌着煤灰，好像每天早晨洗也洗不掉的样子。他每日于八九点钟的时候起来，咳嗽一阵，便挑了一双竹篮出去，到午后的三四点钟总仍旧是挑了一双空篮回来的，有时挑了满担回来的时候，他的竹篮里便是那些破布破铁器玻璃瓶之类。像这样的晚上，他必要去买些酒来喝喝，一个人坐在床沿上瞎骂出许多不可捉摸的话来。

我与间壁的同寓者的第一次相遇，是在搬来的那天午后。春

天的急景已经快晚了的五点钟的时候，我点了一支蜡烛，在那里安放几本刚从栈房里搬过来的破书。先把它们叠成了两方堆，一堆小些，一堆大些，然后把两个二尺长的装画的画架覆在大一点的那堆书上。因为我的器具都卖完了，这一堆书和画架白天要当写字台，晚上可当床睡的。摆好了画架的板，我就朝着了这张由书叠成的桌子，坐在小一点的那堆书上吸烟，我的背系朝着梯子的接口的。我一边吸烟，一边在那里呆看放在桌上的蜡烛火，忽而听见梯子口上起了响动。回头一看，我只见了一个自家的扩大的投射影子，此外什么也辨不出来，但我的听觉分明告诉我说："有人上来了。"我向暗中凝视了几秒钟，一个圆形灰白的面貌，半截纤细的女人的身体，方才映到我的眼帘上来。一见了她的容貌我就知道她是我的间壁的同居者了。因为我来找房子的时候，那房主的老人便告诉我说，这屋里除了他一个人外，楼上只住着一个女工。我一则喜欢房价的便宜，二则喜欢这屋里没有别的女人小孩，所以立刻就租定了的。等她走上了梯子，我才站起来对她点了点头说：

"对不起，我是今朝才搬来的，以后要请你照应。"

她听了我这话，也并不回答，放了一双漆黑的大眼，对我深深的看了一眼，就走上她的门口去开了锁，进房去了。我与她不过这样的见了一面，不晓是什么原因，我只觉得她是一个可怜的女子。她的高高的鼻梁，灰白长圆的面貌，清瘦不高的身体，好像都是表明她是可怜的特征，但是当时正为了生活问题在那里操心的我，也无暇去怜惜这还未曾失业的女工，过了几分钟我又动也不动的坐在那一小堆书上看蜡烛光了。

在这贫民窟里过了一个多礼拜，她每天早晨七点钟去上工和午后六点多钟下工回来，总只见我呆呆的对着了蜡烛或油灯坐在那堆书上。大约她的好奇心被我那痴不痴呆不呆的态度挑动了罢。有一天她下了工走上楼来的时候，我依旧和第一天一样的站起来让她过去。她走到了我的身边忽而停住了脚。看了我一眼，吞吞吐吐好像怕什么似的问我说：

"你天天在这里看的是什么书？"

（她操的是柔和的苏州音，听了这一种声音以后的感觉，是怎么也写不出来的，所以我只能把她的言语译成普通的白话。）

我听了她的话，反而脸上涨红了。因为我天天呆坐在那里，面前虽则有几本外国书摊着，其实我的脑筋昏乱得很，就是一行一句也看不进去。有时候我只用了想象在书的上一行与下一行中间的空白里，填些奇异的模型进去。有时候我只把书里边的插画翻开来看看，就了那些插画演绎些不近人情的幻想出来。我那时候的身体因为失眠与营养不良的结果，实际上已经成了病的状态了。况且又因为我的唯一的财产的一件棉袍子已经破得不堪，白天不能走出外面去散步和房里全没有光线进来，不论白天晚上，都要点着油灯或蜡烛的缘故，非但我的全部健康不如常人，就是我的眼睛和脚力，也局部的非常萎缩了。在这样状态下的我，听了她这一问，如何能够不红起脸来呢？所以我只是含含糊糊的回答说：

“我并不在看书，不过什么也不做呆坐在这里，样子一定不好看，所以把这几本书摊放着的。”

她听了这话，又深深的看了我一眼，作了一种不解的形容，依旧的走到她的房里去了。

那几天里，若说我完全什么事情也不去找什么事情也不曾干，却是假的。有时候，我的脑筋稍微清新一点，也曾译过几首英法的小诗，和几篇不满四千字的德国的短篇小说，于晚上大家睡熟的时候，不声不响的出去投邮，在寄投给各新开的书局。因为当时我的各方面就职的希望，早已经完全断绝了，只有这一方面，还能靠了我的枯燥的脑筋，想想法子看。万一中了他们编辑先生的意，把我译的东西登了出来，也不难得着几块钱的酬报。所以我自迁移到邓脱路以后，当她第一次同我讲话的时候，这样的译稿已经发出了三四次了。

二

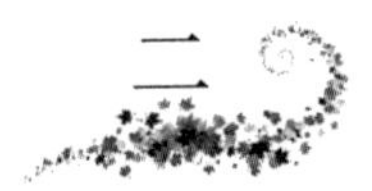

在乱昏昏的上海租界里住着，四季的变迁和日子的过去是不容易觉得的。我搬到了邓脱路的贫民窟之后，只觉得身上穿在那

里的那件破棉袍子一天一天的重了起来，热了起来，所以我心里想：

“大约春光也已经老透了罢！”

但是囊中很羞涩的我，也不能上什么地方去旅行一次，日夜只是在那暗室的灯光下呆坐。在一天大约是午后了，我也是这样的坐在那里，间壁的同住者忽而手里拿了两包用纸包好的物件走了上来，我站起来让她走的时候，她把手里的纸包放了一包在我的书桌上说：

“这一包是葡萄浆的面包，请你收藏着，明天好吃的。另外我还有一包香蕉买在这里，请你到我房里来一道吃罢！”

我替她拿住了纸包，她就开了门邀我进她的房里去，共住了这十几天，她好像已经信用我是一个忠厚的人的样子。我见她初见我的时候脸上流露出来的那一种疑惧的形容完全没有了。我进了她的房里，才知道天还未暗，因为她的房里有一扇朝南的窗，太阳返射的光线从这窗里投射进来，照见了小小的一间房，由二条板铺成的一张床，一张黑漆的半桌，一只板箱，和一条圆凳。床上虽则没有帐子，但堆着有二条洁净的青布被褥。半桌上有一只小洋铁箱摆在那里，大约是她的梳头器具，洋铁箱上已经有许多油污的点子了。她一边把堆在圆凳上的几件半旧的洋布棉袄，粗布裤等收在床上，一边就让我坐下。我看了她那殷勤待我的样子，心里倒不好意思起来，所以就对她说：

“我们本来住在一处，何必这样的客气。”

“我并不客气，但是你每天当我回来的时候，总站起来让我，我却觉得对不起得很。”

这样的说着，她就把一包香蕉打开来让我吃。她自家也拿了一只，在床上坐下，一边吃一边问我说：

“你何以只住在家里，不出去找点事情做做？”

“我原是这样的想，但是找来找去总找不着事情。”

“你有朋友么？”

“朋友是有的，但是到了这样的时候，他们都不和我来往了。”

“你进过学堂么？”

“我在外国的学堂里曾经念过几年书。”

“你家在什么地方？何以不回家去？”

她问到了这里，我忽而感觉到我自己的现状了。因为自去年以来，我只是一日一日的委靡下去，差不多把“我是什么人？”“我现在所处的是怎么一种境遇？”“我的心里还是悲还是喜？”这些观念都忘掉了。经她这一问，我重新把半年来困苦的情形一层一层的想了出来。所以听她的问话以后，我只是呆呆的看她，半晌说不出话来。她看了我这个样子，以为我也是一个无家可归的流浪人。脸上就立时起了一种孤寂的表情，微微的叹着说：

"唉！你也是同我一样的么？"

微微的叹了一声之后，她就不说话了。我看她的眼圈上有些潮红起来，所以就想了一个另外的问题问她说：

"你在工厂里做的是什么工作？"

"是包纸烟的。"

"一天作几个钟头工？"

"早晨七点钟起，晚上六点钟止，中午休息一个钟头，每天一共要作十个钟头的工。少作一点钟就要扣钱的。"

"扣多少钱？"

"每月九块钱，所以是三块钱十天，三分大洋一个钟头。"

"饭钱多少？"

"四块钱一月。"

"这样算起来，每月一个钟点也不休息，除了饭钱，可省下五块钱来。够你付房钱买衣服的么？"

"哪里够呢！并且那管理人要……啊啊！我……我所以非常恨工厂的。你吃烟的么？"

"吃的。"

"我劝你顶好还是不吃。就吃也不要去吃我们工厂的烟。我真恨死它在这里。"

我看看她那一种切齿怨恨的样子，就不愿意再说下去。把手里捏着的半个吃剩的香蕉咬了几口，向四边一看，觉得她的房里也有些灰黑了，我站起来道了谢，就走回到了我自己的房里。她大约作工倦了的缘故，每天回来大概是马上就入睡的，只有这一晚上，她在房里好像是直到半夜还没有就寝。从这一回之后，她每天回来，总和我说几句话。我从她自家的口里听得，知道她姓陈，名叫二妹，是苏州东乡人，从小系在上海乡下长大的，她父亲也是纸烟工厂的工人，但是去年秋天死了。她本来和她父亲同住在那间房里，每天同上工厂去的，现在却只剩了她一个人了。她父亲死后的一个多月，她早晨上工厂去也一路哭了去，晚上回来也一路哭了回来的。她今年十七岁，也无兄弟姊妹，也无近亲的亲戚。她父亲死后的葬殓等事，是他于未死之前把十五块钱交给楼下的老人，托这老人包办的。她说：

“楼下的老人倒是一个好人，对我从来没有起过坏心，所以我得同父亲在日一样的去作工，不过工厂的一个姓李的管理人却坏得很，知道我父亲死了，就天天的想戏弄我。”

她自家和她父亲的身世，我差不多全知道了，但她母亲是如何的一个人？死了呢还是活在哪里？假使还活着，住在什么地方？等等，她却从来还没有说及过。

三

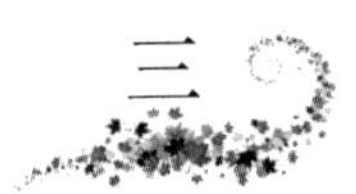

天气好像变了。几日来我那独有的世界，黑暗的小房里的腐浊的空气，同蒸笼里的蒸气一样，蒸得人头昏欲晕，我每年在春夏之交要发的神经衰弱的重症，遇了这样的气候，就要使我变

成半狂。所以我这几天来到了晚上，等马路上人静之后，也常常想出去散步去。一个人在马路上从狭隘的深蓝天空里看看群星，慢慢的向前行走，一边作些漫无涯涘的空想，倒是于我的身体很有利益。当这样的无可奈何，春风沉醉的晚上，我每要在各处乱走，走到天将明的时候才回家里。我这样的走倦了回去就睡，一睡直可睡到第二天的日中，有几次竟要睡到二妹下工回来的前后方才起来，睡眠一足，我的健康状态也渐渐的回复起来了。平时只能消化半磅面包的我的胃部，自从我的深夜游行的练习开始之后，进步得几乎能容纳面包一磅了。这事在经济上虽则是一大打击，但我的脑筋，受了这些滋养，似乎比从前稍能统一。我于游行回来之后，就睡之前，却做成了几篇Allan Poe式的短篇小说，自家看看，也不很坏。我改了几次，抄了几次，一一投邮寄出之后，心里虽然起了些微细的希望，但是想想前几回的译稿的绝无消息，过了几天，也便把它们忘了。

邻住者的二妹，这几天来，当她早晨出去上工的时候，我总在那里酣睡，只有午后下工回来的时候，有几次有见面的机会，但是不晓是什么原因，我觉得她对我的态度，又回到从前初见面的时候的疑惧状态去了。有时候她深深的看我一眼，她的黑晶晶，水汪汪的眼睛里，似乎是满含着责备我规劝我的意思。

我搬到这贫民窟里住后，约莫已经有二十多天的样子，一天午后我正点上蜡烛，在那里看一本从旧书铺里买来的小说的时候，二妹却急急忙忙的走上楼来对我说：

“楼下有一个送信的在那里，要你拿了印子去拿信。”她对我讲这话的时候，她的疑惧我的态度更表示得明显，她好像在那里说：“呵呵！你的事件是发觉了啊！”我对她这种态度，心里非常痛恨，所以就气急了一点，回答她说：

“我有什么信？不是我的！”

她听了我这气愤愤的回答，更好像是得了胜利似的，脸上忽涌出了一种冷笑说：

“你自家去看罢！你的事情，只有你自家知道的！”

同时我听见楼底下门口果真有一个邮差似的人在催着说：

“挂号信！”

我把信取来一看，心里就突突的跳了几跳，原来我前回寄去的一篇德文短篇的译稿，已经在某杂志上发表了，信中寄来的是五圆钱的一张汇票。我囊里正是将空的时候，有了这五圆钱，非但月底要预付的来月的房金可以无忧，并且付过房金以后，还可以维持几天食料，当时这五圆钱对我的效用的扩大，是谁也能推想得出来的。

第二天午后，我上邮局去取了钱，在太阳晒着的大街上走了一会，忽而觉得身上就淋出了许多汗来。我向我前后左右的行人一看，复向我自家的身上一看，就不知不觉的把头低俯了下去。我颈上头上的汗珠，更同盛雨似的，一颗一颗的钻出来了。因为当我在深夜游行的时候，天上并没有太阳，并且料峭的春寒，于东方微白的残夜，老在静寂的街巷中留着，所以我穿的那件破棉袍子，还觉得不十分与节季违异。如今到了阳和的春日晒着的这日中，我还不能自觉，依旧穿了这件夜游的敝袍，在大街上阔步，与前后左右的和节季同时进行的我的同类一比，我哪得不自惭形秽呢？我一时竟忘了几日后不得不付的房金，忘了囊中本来将尽的些微的积聚，便慢慢的走上了闸路的估衣铺去。好久不在天日之下行走的我，看看街上来往的汽车人力车，车中坐着的华美的少年男女，和马路两边的绸缎铺金银铺窗里的丰丽的陈设，听听四面的同蜂衙似的嘈杂的人声，脚步声，车铃声，一时倒也觉得是身到了大罗天上的样子。我忘记了我自家的存在，也想和我的同胞一样的欢歌欣舞起来，我的嘴里便不知不觉的唱起几句久忘了的京调来了。这一时的涅槃幻境，当我想横越过马路，转入闸路去的时候，忽而被一阵铃声惊破了。我抬起头来一看，我的面前正冲来了一乘无轨电车，车头上站着的那肥胖的机器手，伏出了半身，怒目的大声骂我说：

“猪头三！侬（你）艾（眼）睛勿散（生）咯！跌杀时，叫旺（黄）够（狗）来抵侬（你）命噢！”

我呆呆的站住了脚，目送那无轨电车尾后卷起了一道灰尘，向北过去之后，不知是从何处发出来的感情，忽而竟禁不住哈哈哈哈的笑了几声。等得四面的人注视我的时候，我才红了脸慢慢的走向了闸路里去。

我在几家估衣铺里，问了些夹衫的价线，还了他们一个我所能出的数目，几个估衣铺的店员，好像是一个师父教出的样子，都摆下了脸面，嘲弄着说：

“依（你）寻萨咯（什么）凯（开心）！马（买）勿起好勿要马（买）咯！”

一直问到五马路边上的一家小铺子里，我看看夹衫是怎么也买不成了，才买定了一件竹布单衫，马上就把它换上。手里拿了一包换下的棉袍子，默默的走回家来。一边我心里却在打算：

“横竖是不够用了，我索性来痛快的用它一下罢。”同时我又想起了那天二妹送我的面包香蕉等物。不等第二次的回想我就寻着了一家卖糖食的店，进去买了一块钱巧格力香蕉糖鸡蛋糕等杂食。站在那店里，等店员在那里替我包好来的时候，我忽而想起我有一月多不洗澡了，今天不如顺便也去洗一个澡罢。

洗好了澡，拿了一包棉袍子和一包糖食，回到邓脱路的时候，马路两旁的店家，已经上电灯了。街上来往的行人也很稀少，一阵从黄浦江上吹来的日暮的凉风，吹得我打了几个冷噤。我回到了我的房里，把蜡烛点上。向二妹的房门一照，知道她还没有回来。那时候我腹中虽则饥饿得很，但我刚买来的那包糖食怎么也不愿意打开来。因为我想等二妹回来同她一道吃。我一边拿出书来看，一边口里尽在咽唾液下去。等了许多时候，二妹终不回来，我的疲倦不知什么时候出来战胜了我，就靠在书堆上睡着了。

四

二妹回来的响动把我惊醒的时候，我见我面前的一支十二盎司一包的洋蜡烛已经点去了二寸的样子，我问她是什么时候了？她说：

“十点的汽笛刚刚放过。”

“你何以今天回来得这样迟？”

“厂里因为销路大了，要我们作夜工。工钱是增加的，不过人太累了。”

“那你可以不去做的。”

“但是工人不够，不做是不行的。”

她讲到这里，忽而滚了两粒眼泪出来，我以为她是作工作得

倦了，故而动了伤感，一边心里虽在可怜她，但一边看她这同小孩似的脾气，却也感着了些儿快乐。把糖食包打开，请她吃了几颗之后，我就劝她说：

“初作夜工的时候不惯，所以觉得困倦，作惯了以后，也没有什么的。”

她默默的坐在我的半高的由书叠成的桌上，吃了几颗巧格力，对我看了几眼，好像是有话说不出来的样子。我就催她说：

“你有什么话说？”

她又沉默了一会，便断断续续的问我说：

“我……我……早想问你了，这几天晚上，你每晚在外边，可在与坏人作伙友么？”

我听了她这话，倒吃了一惊，她好像在疑我天天晚上在外面与小窃恶棍混在一块。她看我呆了不答，便以为我的行为真的被她看破了，所以就柔柔和和的连续着说：

“你何苦要吃这样好的东西，要穿这样好的衣服。你可知道

这事情是靠不住的。万一被人家捉了去，你还有什么面目做人。过去的事情不必去说它，以后我请你改过了罢。……”

我尽是张大了眼睛张大了嘴呆呆的在看她，因为她的思想太奇怪了，使我无从辩解起。她沉默了数秒钟，又接着说：

“就以你吸的烟而论，每天若戒绝了不吸，岂不可省几个铜子。我早就劝你不要吸烟，尤其是不要吸那我所痛恨的N工厂的烟，你总是不听。”

她讲到了这里，又忽而落了几滴眼泪。我知道这是她为怨恨N工厂而滴的眼泪，但我的心里，怎么也不许我这样的想，我总要把它们当作因规劝我而洒的。我静静儿的想了一回，等她的神经镇静下去之后，就把昨天的那封挂号信的来由说给她听，又把今天的取钱买物的事情说了一遍。最后更将我的神经衰弱症和每晚何以必要出去散步的原因说了。她听了我这一番辩解，就信用了我，等我说完之后，她颊上忽而起了两点红晕，把眼睛低下去看看桌上，好像是怕羞似的说：

“噢，我错怪你了，我错怪你了。请你不要多心，我本来是没有歹意的。因为你的行为太奇怪了，所以我想到了邪路里去。你若能好好儿的用功，岂不是很好么？你刚才说的那——叫什么的——东西，能够卖五块钱，要是每天能做一个，多么好呢？”我看了她这种单纯的态度，心里忽而起了一种不可思议的感情，我想把两只手伸出去拥抱她一回，但是我的理性却命令我说：

“你莫再作孽了！你可知道你现在处的是什么境遇，你想把这纯洁的处女毒杀了么？恶魔，恶魔，你现在是没有爱人的资格的呀！”

我当那种感情起来的时候，曾把眼睛闭上了几秒钟，等听了理性的命令以后，我的眼睛又开了开来，我觉得我的周围，忽而比前几秒钟更光明了。对她微微的笑了一笑，我就催她说：

“夜也深了，你该去睡了吧！明天你还要上工去的呢！我从今天起，就答应你把纸烟戒下来吧。”

她听了我这话，就站了起来，很喜欢的回到她的房里去睡了。

她去之后，我又换上一支洋蜡烛，静静儿的想了许多事情：

“我的劳动的结果，第一次得来的这五块钱已经用去了三块了。连我原有的一块多钱合起来，付房钱之后，只能省下二三角小洋来，如何是好呢！“就把这破棉袍子去当吧！但是当铺里恐怕不要。

“这女孩子真是可怜，但我现在的境遇，可是还赶她不上，她是不想做工而工作要强迫她做，我是想找一点工作，终于找不到。就去作筋肉的劳动吧！啊啊，但是我这一双弱腕，怕吃不下一部黄包车的重力。

“自杀！我有勇气，早就干了。现在还能想到这两个字，足证我的志气还没有完全消磨尽哩！

“哈哈哈哈！今天的那无轨电车的机器手！他骂我什么来？

“黄狗，黄狗倒是一个好名词，

"……"

我想了许多零乱断续的思想，终究没有一个好法子，可以救我出目下的穷状来。听见工厂的汽笛，好像在报十二点钟了，我就站了起来，换上了白天那件破棉袍子，仍复吹熄了蜡烛，走出外面去散步去。

贫民窟里的人已经睡眠静了。对面日新里的一排临邓脱路的洋楼里，还有几家点着了红绿的电灯，在那里弹罢拉拉衣加。一声二声清脆的歌音，带着哀调，从静寂的深夜的冷空气里传到我的耳膜上来，这大约是俄国的漂泊的少女，在那里卖钱的歌唱。天上罩满了灰白的薄云，同腐烂的尸体似的沉沉的盖在那里。云层破处也能看得出一点两点星来，但星的近处，黝黝看得出来的天色，好像有无限的哀愁蕴藏着的样子。

（一九二三年七月十五日作）

薄奠

导读：

本文是郁达夫短篇小说的代表作，讲述了一个人力车夫企望买一辆旧车以摆脱被剥削的境地，但愿望始终未能实现的故事。小说中的“我”在车夫死后买了一辆纸糊的车去坟上祭奠。作品被誉为“一篇悲愤诗式的小说”，体现了作者对劳苦大众的同情和关怀。

上

一天晴朗的春天的午后，我因为天气太好，坐在家里觉得闷不过，吃过了较迟的午饭，带了几个零用钱，就跑出外面去逛去。北京的晴空，颜色的确与南方的苍穹不同。在南方无论如何晴快的日子，天上总有一缕薄薄的纤云飞着，并且天空的蓝色，总带着一道很淡很淡的白味。北京的晴空却不是如此，天色一碧到底，你站在地上对天注视一会，身上好像能生出两翼翅膀来，就要一扬一摆的飞上空中去的样子。这可是单指不起风的时候而讲，若一起风，则人在天空下眼睛都睁不开，更说不到晴空的颜色如何了。那一天的午后，空气非常澄清，天色真青得可怜。我在街上夹在那些快乐的北京人士中间，披了一身和暖的阳光，不知不觉竟走到了前门外最热闹的一条街上。踏进了一家卖灯笼的店里，买了几张奇妙的小画，重新回上大街缓步的时候，我忽而听出了一阵中国戏园特有的那种原始的锣鼓声音来。我的两只脚就受了这声音的牵引，自然而然地踏了进去。听戏听到了第三出，外面忽而起了呜呜的大风，戏园的屋顶也有些儿摇动。戏散之后，推来让去的走出戏园，扑面就来一阵风沙。我眼睛闭了一忽，走上大街来雇车，车夫都要我七角六角大洋，不肯按照规矩折价。那时候天虽则还没有黑，但因为风沙飞满在空中，所以沉沉的大地上，已经现出了黄昏前的急景。店家的电灯，也都已上火，大街上汽车马车洋车挤塞在一处。一种车铃声叫唤声，并不知从何处来的许多杂音，尽在那里奏错乱的交响乐。大约是因为夜宴的时刻逼近，车上的男子定是去赴宴会，奇装的女子想来是去陪席的。

一则因为大风，二则因为正是一天中间北京人士最繁忙的时刻，所以我雇车竟雇不着，一直的走到了前门大街。为了上举的两种原因，洋车夫强索昂价，原是常有的事情，我因零用钱花完，袋里只有四五十枚铜子，不能应他们的要求，所以就下了决心，想一直走到西单牌楼再雇车回家。走下了正阳桥边的步道，

被一辆南行的汽车喷满了一身灰土，我的决心，又动摇起来，含含糊糊的向道旁停着的一辆洋车问了一句，“嗳！四十枚拉巡捕厅儿胡同拉不拉？”那车夫竟恭恭敬敬的向我点了点头说：

“坐上罢，先生！”

坐上了车，被他向北的拉去，那么大的风沙，竟打不上我的脸来，我知道那时候起的是南风了。我不坐洋车则已，若坐洋车的时候，总爱和洋车夫谈闲话，想以我的言语来缓和他的劳动之苦；因为平时我们走路，若有一个朋友和我们闲谈着走，觉得不费力些。我从自己的这种经验着想，老是在实行浅薄的社会主义，一边高踞在车上，一边向前面和牛马一样在奔走的我的同胞攀谈些无头无尾的话。这一天，我本来不想开口的，但看看他的弯曲的背脊，听听他嘿嘿的急喘，终觉得心里难受，所以轻轻的对他说：

“我倒不忙，你慢慢的走罢，你是哪儿的车？”

“我是巡捕厅胡同西口儿的车。”

“在哪儿住家吓？”

“就在那南顺城街的北口，巡捕厅胡同的拐角儿上。”

“老天爷不知怎么的，每天刮这么大的风。”

“是啊！我们拉车的也苦，你们坐车的老爷们也不快活，这样的大风天气，真真是招怪吓！”

这样的一路讲，一路被他拉到寄住的寓舍门口的时候，天已经快黑了。下车之后，我数铜子给他，他却和我说起客气话来，他一边拿出了一条黑黝黝的手巾来擦头上身上的汗，一边笑着说：

“您带着罢，我们是街坊，还拿钱么？”

被他这样的一说，我倒觉得难为情了，所以虽只应该给他四十枚桐子的，而到这时候却不得不把尽我所有的四十八枚铜子都给他。他道了谢，拉着空车在灰黑的道上向西边他的家里走去，我呆呆的目送了他一程，心里却在空想他的家庭。——他走回家去，他的女人必定远远的闻声就跑出来接他。把车斗里的铜子拿出，将车交还了车行，他回到自己屋里打一盆水洗洗手脸，吸几口烟，就可在洋灯下和他的妻子享受很健康的夜膳。若他有兴致，大约还要喝一二个铜子的白干。喝了微醉，讲些东西南北的废话，他就可以抱了他的女人小孩，钻进被去酣睡。这种酣睡，大约是他们劳动阶级的唯一的享乐。

“啊啊！……”

空想到了此地，我的伤感病又发了。

“啊啊！可怜我两年来没有睡过一个整整的夜！这倒还可以说是因病所致，但是我的远隔在三千里外的女人小孩，又为了什么，不能和我在一处享受吃苦呢？难道我们是应该永远隔离的么！难道这也是病么？……总之是我不好，是我没有能力养活妻子。啊啊，你这车夫，你这向我道谢，被我怜悯的车夫，我不如你吓，我不如你！”

我在门口灰暗的空气里呆呆的立了一会，忽而想起了自家的身世，就不知不觉的心酸起来，红润的眼睛，被我所依赖的主人看见，是大不好的，因此我就复从门口走了下来，远远的跟那洋车走了一段。跟它转了弯，看那车夫进了胡同拐角上的一间破旧的矮屋，我又走上平则门大街去跑了一程，等天黑了，才走回家来吃晚饭。

自从这一回后，我和他的洋车，竟有了缘分，接连的坐了它好几次。他和我渐渐的熟起来了。

中

平则门外，有一道城河。河道虽比不上朝阳门外的运河那么宽，但春秋雨霁，绿水粼粼，也尽可以浮着锦帆，乘风南下。两岸的垂杨古道，倒影入河水中间，也大有板渚随堤的风味。河边隙地，长成一片绿芜，晚来时候，老有闲人在那里调鹰放马。太阳将落未落之际，站在这城河中间的渡船上，往北望去，看得出西直门的城楼，似烟似雾的，溶化成金碧的颜

色，飘扬在两岸垂杨夹着的河水高头。春秋佳日，向晚的时候，你若一个人上城河边上来走走，好像是在看后期印象派的风景画，几乎能使你忘记是身在红尘十丈的北京城外。西山数不尽的诸峰，又如笑如眠，带着紫苍的暮色，静躺在绿荫起伏的春野西边；你若叫它一声，好像是这些远山，都能慢慢地走上你身边来的样子。西直门外有几处养鹅鸭的庄园，所以每天午后，城河里老有一对一对的白鹅在那里游泳。夕阳最后的残照，从杨柳荫中透出一两条光线来，射在这些浮动的白鹅背上时，愈能显得这幅风景的活泼鲜灵，别饶风致。我一个人渺焉一身，寄住在人海的皇城里，衷心郁郁，老感着无聊。无聊之极，不是从城的西北跑往城南，上戏园茶楼，娼寮酒馆，去夹在许多快乐的同类中间，忘却我自家的存在，和他们一样的学习醉生梦死，便独自一个跑出平则门外，去享受这本地的风光。玉泉山的幽静，大觉寺的深邃，并不是对我没有魔力，不过一年有三百五十九日穷的我，断没有余钱，去领略它们的高尚的清景。五月中旬的有一天午后，我又无端感着了一种悲愤，本想上城南的快乐地方，去寻些安慰的，但袋里连几个车钱也没有了，所以只好走出平则门外，去坐在杨柳荫中，尽量地呼吸呼吸西山的爽气。我守着西天的颜色，从浓蓝变成了淡紫，一忽儿，天的四周围又染得深红了，远远的法国教会堂的屋顶和许多绿树梢头，刹那间返射了一阵赤赭的残光，又一忽儿空气就变得澄苍静肃，视野内招唤我注意的物体，什么也没有了。四周的物影，渐渐散乱起来，我也感着了一种日暮的悲哀，无意识地滴了几滴眼泪，就慢慢的真是非常缓慢，好像在梦里游行似的，走回家来。进平则门往南一拐，就是南顺城街，南顺城街路东的第一条胡同便是巡捕厅胡同。我走到胡同的西口，正是进胡同的时候，忽而从角上的一间破屋里漏出几声大声来。这声音我觉得熟得很，稍微用了一点心力，回想了一想，我马上就记起那个身材瘦长，脸色黝黑，常拉我上城南去的车夫来。我站住静听了一会，听得他好像在和人拌嘴。我坐过他许多次数的车，他的脾气是很好的，所以听到他在和人拌嘴，心里倒很觉得奇怪。看他的样子，好像有五十多岁的光景，但他自己说今年只有四十二岁。他平常非常沉默寡言，不过你和他说话的时候，他却总来回答你一句两句。他身材本来很高，但是不晓是因为社会的压迫呢，还是因他天生的病症，背脊却是弯着，看去好像不十分高。他脸上浮着的一种谨慎的劳动者特有的表情，我怎么也形容不出来，他好像是在默想他的被社会虐待的存在是应该的样子，又好像在这沉默的忍苦中间，在表示他的无限的反抗，和不断的挣扎的样子。总之，他那一种沉默忍受的态度，使人家见了便能生出无限的感慨来。况且是和他社会的地位相去无几，而受的虐待又比他更甚的我，平常坐他的车，和他谈话的时候，总要感着一种抑郁不平的气，横上心来；而这种抑郁不平之气，他也无处去发泄，我也无处去发泄，只好默默的闷受着，即使闷受不过，最多亦只能向天长啸一声。有一天我在前门外喝醉了酒，往一家相识的人家去和衣睡了半夜，醒来的时候，已经是下弦月上升的时刻了。

我从韩家潭雇车雇到西单牌楼，在西单牌楼换车的时候，又遇见了他。半夜酒醒，从灰白死寂，除了一乘两乘汽车飞过搅起一阵灰来，此外别无动静的长街上，慢慢被拖回家来。这种悲哀的情调，已尽够我消受的了，况又遇着了他，一路上听了他许多不堪再听的话……他说这个年头儿真教人生存不得。他说洋车价涨了一个两个铜子，而煤米油盐，都要各涨一倍。他说洋车出租的东家，真会挑剔，一根骨子弯了一点，一个小钉不见了，就要赔很多钱。他说他一天到晚拉车，拉来的几个钱还不够供洋车租主的绞榨，皮带破了，弓子弯了的时候，更不必说了。他说他的女人不会治家，老要白花钱。他说他的大小孩今年八岁，二小孩今年三岁了。……我默默的坐在车上，看看天上惨澹的星月，经过了几条灰黑静寂的狭巷，细听着他的一条条的诉说，觉得这些

苦楚，都不是他一个人的苦楚。我真想跳下车来，同他抱头痛哭一场，但是我着在身上的一件竹布长衫，和盘在脑里的一堆教育的绳矩，把我的真率的情感缚住了。自从那一晚以后，我心里就存了一种怕与他相见的思想，所以和他不见了半个多月。这一天日暮，我自平则门走回家来，听了他在和人吵闹的声音，心里竟起了一种自责的心思，好像是不应该躲避开这个可怜的朋友，至半月之久的样子。我静听了一忽，才知道他吵闹的对手，是他的女人。一时心情被他的悲惨的声音所挑动，我竟不待回思，一脚就踏进了他住的那所破屋。他的住屋，只有一间小屋，小屋的一半，却被一个大炕占据了去。在外边天色虽还没有十分暗黑，但在他矮小的屋内，却早已黑影沉沉，辨不出物体来了。他一手插在腰里，一手指着炕上缩成一堆，坐在那里的一个妇人，一声两声的在那里数骂。两个小孩爬在炕的里边。我一进去时，只见他自家一个站着的背影，他的女人和小孩都看不出来。后来招呼了他，向他手指着的地方看去，才看出了一个女人，又站了一忽，我的眼睛在黑暗里经惯了，重复看出了他的两个小孩。我进去叫了他一声，问他为什么要这样的动气，他就把手一指，指着炕沿上的那女人说："这臭东西把我辛辛苦苦积下来的三块多钱，一下子就花完了，去买了这些捆尸体的布来。……"说着他用脚一踢，地上果然滚了一包白色的布出来。他一边向我问了寒暄话，一边就蹙紧了眉头说："我的心思，她们一点儿也不晓得，我要积这几块钱干什么？我不过想自家去买一辆旧车来拉，可以免掉那车行的租钱呀！天气热了，我们穷人，就是光着脊肋儿，也有什么要紧？她却要去买这些白洋布来做衣服。你说可气不可气啊？"这听了这一段话，心里虽则也为他难爱，但口上只好安慰他说："做衣服倒也是要紧的，积几个钱，是很容易的事情，你但须忍耐着，三四块钱是不难再积起来的。"我说完了话，忽而在沉沉的静寂中，从炕沿上听出了几声暗泣的声音来。这时候我若袋里有钱，一定要全部拿出来给他，请他息怒。但是我身边一摸，却摸不出一个铜银的货币。呆呆的站着，心里打算了一会，我觉得终究没有方法好想。正在着恼的时候，我里边小褂袋里唧唧响着的一个银表的针步声，忽而敲动了我的耳膜。我知道若在此时，当面把这银表拿出来给他，他是一定不肯受的。迟疑了一会，我想出一个主意，乘他不注意的时候，悄悄的把表拿了出来；和他讲着些慰劝他的话，一边我走上前去了一步，顺手把表搁在一张半破的桌上。随后又和他交换了几句言语，我就走出来了。我出到了门外，走进胡同，心里感得的一种沉闷，比午后上城外去的时候更甚了。我只恨我自家太无能力，太没有勇气。我仰天看看，在深沉的天空里，只看出了几颗星来。第二天的早晨，我刚起床，正在那里刷牙漱口的时候，听见门外有人打门，出去一看，就看见他拉着车站在门口。他问了我一声好，手向车斗里一摸，就把那个表拿出来，问我说：“先生，这是你的罢？你昨晚上掉下的罢？”我听了脸上红了一红。马上就说：“这不是我的，我并没有掉表。”他连说了几声奇怪，把那表的来历说了一阵，见我坚不肯认，就也没有方法，收起了表，慢慢的拉着空车向东走了。

下

夏至以后，北京接连下了半个多月的雨。我因为一天晚上，没有盖被睡觉，惹了一场很重的病，直到了二礼拜前才得起床。起床后第三天的午后，我看看久雨新霁，天气很好，就拿了一根

手杖踏出门去。因为这是病后第一次的出门，所以出了门就走往西边，依旧想到我平时所爱的平则门外的河边边去闲行。走过那胡同角上的破屋的时候，我只看见门口立了一群人，在那里看热闹。屋内有人在低声啜泣。我以为那拉车的又在和他的女人吵闹了，所以也就一边走了过去，去看热闹，一边我心里却暗暗的想着："今天若他们再因金钱而争吵，我却可以解决他们的问题。"因为那时候我家里寄出来为作医药费的钱还没有用完，皮包里还有几张五元钱的钞票收藏在哩。我踏近前去一看，破屋里并没有拉车的影子，只有他的女人坐在炕沿上哭，一个小一点的小孩，坐在地上他母亲的脚跟前，也在陪着她哭。看了一会，我终摸不着头脑，不晓得她为什么要哭。和我一块儿站着的人，有的唧唧的在那里叹息，有的也拿来出手巾来在擦眼泪说："可怜哪，可怜哪！"我向一个立在我旁边的中年妇人问了一番，才知道她的男人，前几天在南下洼的大水里淹死了。死了之后，她还不晓得，直到第二天的傍晚，由拉车的同伴认出了他的相貌，才跑回来告诉她。她和她的两个儿子，得了此信，冒雨走上南横街南边的尸场去一看，就大哭了一阵。后来她自己也跳在附近的一个水池里自尽过一次，经她儿子的呼救，附近的居民，费了许多气力，才把她捞救上来。过了一会，由那地方的慈善家，出了钱把她的男人埋葬完毕，且给了她三十斤面票，八十吊铜子，方送她回来。回来之后，她白天晚上只是哭，已经哭了好几天了。我听了这一番消息，看了这一场光景，心里只是难受。同一两个月前头，半夜从前门回来，坐在她男人的车上，听他的诉说时一样，觉得这些光景，决不是她一个人的。我忽而想起了我的可怜的女人，又想起了我的和那在地上哭的小孩一样大的儿女，也觉得眼睛里热起来痒起来了。我心理正在难受，忽而从人丛里挤来了一个八九岁的小孩赤足袒胸地跑了进来。他小手里拿了几个铜子蹑手蹑脚的对她说："妈，你瞧，这是人家给我的。"看热闹的人，看了他那小脸上的严肃的表情，和他那小手的滑稽的样子，有几个笑着走了，只有两个以手巾擦着眼泪的老妇人，还站在那里。我看看周围的人数少了，就也踏进去问她说："你还认得我么？"她举起肿红的眼睛来，对我看了一眼，点了一点头，仍复伏倒头在哀哀地哭着。我想叫她不哭，但是看看她的情形，觉得是不可能的，所以只好默默的站着，眼睛看见他的瘦削的双肩一起一缩的在抽动。我这样的静立了三五分钟，门外又忽挤出许多人拢来看我。我觉得被他们看得不耐烦了，就走出了一步对他们说："你们看什么热闹？人家死了人在这里哭，你们有什么好看？"那八岁的孩子，看我心里发了恼，就走上门口，把一扇破门关上了。喀丹一响，屋里忽而暗了起来。他的哭着的母亲，好像也为这变化所惊动，一时止住哭声。擎起眼来看她的孩子和离门不远呆立着的我。我乘此机会，就劝他说："看养孩子要紧，你老是哭也不是道理，我若可以帮你的忙，我总没有不为你出力的。"她听了这话，一边啜泣，一边断断续续的说："我……我……别的都不怪，我……只……只怪他何以死的那么快。

也……也不知他……他是自家沉河的呢，还是……”她说了这一句又哭起来了，我没有方法，就从袋里拿出了皮包，取了一张五块钱的钞票递给她说：“这虽然不多，你拿着用罢！”她听了这话，又止住了哭，啜泣着对我说：“我……我们……是不要钱用，只……只是他……他死得……死得太可怜了。……他……他活着的时候，老……老想自己买一辆车，但是……但是这心愿儿终究没有达到。……前天，我到冥衣铺去定一辆纸糊的洋车，想烧给他，那一家掌柜的要我六块多钱，我没有定下来。你……你老爷心好，请你，请你老爷去买一辆，好的纸车来烧给他罢！”说完她又哭了。我听了这一段话，心里愈觉得难受，呆呆的立了一忽，只好把刚才的那张钞票收起，一边对她说：“你别哭了罢！他是我的朋友，那纸糊的洋车，我明天一定去买了来，和你一块去烧到他的坟前去。”又对两个小孩说了几句话，我就打开门走出来。我从来没有办过丧事，所以寻来寻去，总寻不出一家冥衣铺来定那纸糊的洋车。后来直到四牌楼附近，找定了一家，付了他钱，要他赶紧为我糊一辆车。

二天之后，那纸洋车糊好了，恰巧天气也不下雨，我早早吃了午饭，就雇了四辆洋车，同她及两个小孩一道去上她男人的坟。车过顺治门内大街的时候，因为我前面的一乘人力车上只载着一辆纸糊的很美丽的洋车和两包锭子，大街上来往的红男绿女只是凝目的在看我和我后面车上的那个眼睛哭得红肿，衣服褴褛的中年妇人。我被众人的目光鞭挞不过，心里起了一种不可抑遏的反抗和诅咒的毒念，只想放大了喉咙向着那红男绿女和汽车中的贵人狠命的叫骂着说：“猪狗！畜生！你们看什么？我的朋友，这可怜的拉车者，是为你们所逼死的呀！你们还看什么？”

（一九二四年八月十四日作于北京）

微雪的早晨

导读：

郁达夫的小说，不仅仅内容上保持“自叙传”的特色，在结构上也有新的突破，不固守一隅，呆板保守。这篇《微雪的早晨》便采用了双线结构，看似是在写“我”与朱君的交往，实则暗写了朱君的恋爱悲剧，巧妙的结构安排更加突出了作品的主题。

这一个人，现在已经不在世上了；而他的致死的原因，一直到现在还没有明白。

他的面貌很清秀，不像是一个北方人。我和他初次在教室里见面的时候，总以为他是江浙一带的学生；后来听他和先生说话的口气，才知道他是北直隶产。在学校的寄宿舍里和他同住了两个月，在图书室里和他见了许多次数的面，又在一天礼拜六的下午，和他同出西便门去骑了一次骡子，才知道他是京兆的乡下，去京城只有十八里地的殷家集的农家之子，是在北京师范毕业之后，考入这师范大学里来的。

一般新进学校的同学，都是趾高气扬的青年，只有他，貌很柔和，人很谦逊，穿着一件青竹布的大褂，上课的第一天，就很勤恳的拿了一支铅笔和一册笔记簿，在那里记录先生所说的话。

当时我初到北京，朋友很少。见了一般同学，又只是心虚胆怯，恐怕我的穷状和浅学被他们看出，所以到学校后的一个礼拜之中，竟不敢和同学攀谈一句话。但是对于他，我心里却很感着几分亲热，因为他的座位，是在我的前一排，他的一举一动，我都默默的在那里留心的看着，所以对于他的那一种谦恭的样子，及和我一样的那种沉默怕羞的态度，心里却早起了共鸣。

是我到学校后第二个星期的一天早晨，我一早就起了床，一个人在操场里读英文。当我读完了一节，静静地在翻阅后面的没有教过的地方的时候，我忽而觉得背后仿佛有人立在那里的样子。回头来一看，果然看见他含了笑，也拿了一本书，立在我的背后去墙不过二尺的地方，在那里对我看着。我回过头来看他的时候，同时他就对我说："您真用功啊！"我倒被他说得脸红了，也只好笑着对他说："您也用功得很！"

从这一回之后，我们俩就谈起天来了。两个月之后，因为和他在图书室里老是在一张桌上看书的原因，所以交情尤其觉得亲密。有一天礼拜六，天气特别的好，前夜下的雨，把轻尘压住，晚秋的太阳晒得和暖可人，又加以午后一点钟教育史，先生请假，吃了中饭之后，两个人在阅报室里遇见了，便不约而同的说出了一句话来：

"天气真好极了，上哪儿去散散步吧！"

我北京的地理不熟悉，所以一个人不大敢跑出去。到京住了两月之久，在礼拜天和假日里去过的地方，只有三殿和中央公园。那一天因为天气太好，很想上郊外去走走，一见了他，就临时想定了主意，喊出了那一句话来。同时他也仿佛在那里想上城外去跑，见了我，也自然而然的发了这一个提议，所以我们俩不待说第二句话，就走上了向校门的那条石砌的大路。走出校门之后，第二个问题就起来了，"上哪里去呢？"

在琉璃厂正中的那条大道上，朝南迎着日光走了几步，他就笑着问我说：

“李君，你会骑骡儿不会？”

我在苏州住中学住过四年，骡子是当然会骑的，听了他那一句话，忽而想起了中学时代骑骡子上虎丘去的兴致来，所以马上就赞成说：

“北京也有骡子么？让我们去骑骑试试！”

“骡儿多得很，一出城门就有，我就怕你不会骑呀。”

“我骑倒是会骑的。”

两人说说走走，到西便门附近的时候，已经是快两点了。雇好了骡子，骑向白云观去的路上，身上披满了黄金的日光，肺部饱吸着西山的爽气，我们两人觉得做皇帝也没有这样的快乐。

北京的气候，一年中以这一个时期为最好。天气不寒不热，大风期还没有到来。净碧的长空，返映着远山的浓翠，好像是大海波平时的景象。况且这一天午后，刚当前夜小雨之余，路上微尘不起，两旁的树叶还未落尽的洋槐榆树的枝头，青翠欲滴，大有首夏清和的意思。

出了西便门，野田里的黍稷都已收割起了，农夫在那里耕锄播种的地方也有，但是大半的地上都还清清楚楚的空在那里。

我们骑过了那乘石桥，从白云观后远看西山的时候，两个人不知不觉的对视了一回，各作了一种会心的微笑，又同发了一声赞叹：

“真好极了！”

出城的时候，骡儿跑得很快，所以在白云观里走了一阵出来，太阳还是很高。他告诉我说：

“这白云观，是道士们会聚的地方。清朝慈禧太后也时常来此宿歇。每年正月自初一起到十八止，北京的妇女们游冶子来此地烧香驰马的，路上满都挤着。那时候桥洞底下，还有老道坐着，终日不言不语，也不吃东西，说是得道的。老人堂里更坐着一排白发的道士，身上写明几百岁几百岁，骗取女人们的金钱不少。这一种妖言惑众的行为，实在应该禁止的，而北京当局者的太太小姐们还要前来膜拜施舍，以夸她们的阔绰，你说可气不可气？”

这也是令我佩服他不止的一个地方，因为我平时看见他尽是一味的在那里用功的，然而谈到了当时的政治及社会的陋习，他却慷慨激昂，讲出来的话句句中肯，句句有力，不像是一个读死书的人。尤其是对于时事，他发的议论，激烈得很，对于那些军阀官僚，骂得淋漓尽致。

我们走出了白云观，因为时候还早，所以又跑上前面天宁寺的塔下去了一趟。寺里有兵驻扎在那里，不准我们进去，他去交涉了一番，也终于不行。所以在回来的路上，他又切齿的骂了一阵：

“这些狗东西，我总得杀他们干净。我们百姓的儿女田庐，都被他们侵占尽了。总有一天报他们的仇。”

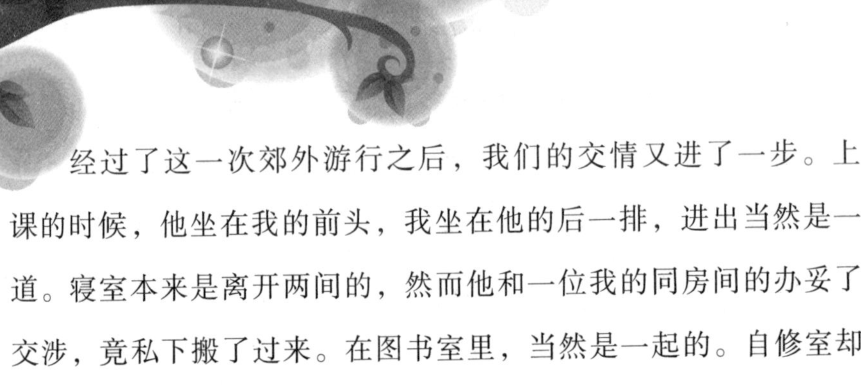

经过了这一次郊外游行之后，我们的交情又进了一步。上课的时候，他坐在我的前头，我坐在他的后一排，进出当然是一道。寝室本来是离开两间的，然而他和一位我的同房间的办妥了交涉，竟私下搬了过来。在图书室里，当然是一起的。自修室却没有法子搬拢来，所以只有自修的时候，我们两人不能同伴。

每日的日课，大抵是一定的。平常的时候，我们都到六点半钟就起床，拿书到操场上去读一个钟头。早饭后上课，中饭后看半点钟报，午后三点钟课余下来，上图书室去读书。晚上自修两个钟头，洗一个脸，上寝室去杂谈一会，就上床睡觉。我自从和他住在一道之后，觉得兴趣也好得多，用功也更加起劲了。

可是有一点，我时常在私心害怕，就是中学里时常有的那一种同学中的风说。他的相儿，虽则很清秀，然而两道眉毛很浓，嘴唇极厚，一张不甚白皙的长方脸，无论何人看起来，总是一位有男性美的青年。万一有风说起来的时候，我这身材矮小的南方人，当然要居于不利的地位。但是这私心的恐惧，终没有实现出来，一则因为大学生究竟比中学生知识高一点，二则大约也是因为他的勤勉的行为和凛不可犯的威风可以压服众人的缘故。

这样的又过去了两个月，北风渐渐的紧起来，京城里的居民也感到寒威的逼迫了；我们学校里就开始了考试，到了旧历十二月底边，便放了年假。

同班的同学，北方人大抵是回家去过年的；只有贫而无归的我和其他的二三个南方人，脸上只是一天一天的在枯寂下去，眼看得同学们一个一个的兴高采烈地整理行箧，心里每在洒丧家的含泪。同房间的他因为看得我这一种状况，也似乎不忍别去，所以考完的那一天中午，他就同我说：

“年假期内，我也不打算回去，好在这儿多读一点书。”但考试完后的两天，图书室也闭门了，同房间的同学只剩了我和他的两个人。又加以寝室内和自修室里火炉也没有，电灯也似乎灭了光，冷灰灰的蛰伏在那里，看书终究看不进去。若去看戏游玩呢，我们又没有这些钱；上街去走走呢，冰寒的大风灰沙里，看见的又都是些残年的急景和往来忙碌的行人。

到了放假后的第三天，他也垂头丧气的急起来了。那一天早晨，天气特别的冷，我们开了眼，谈着话，一直睡到十点多钟才起床。饿着肚在房里看了一回杂志，他忽儿对我说：

“李君，我们走吧，你到我们乡下去过年好不好？”

当他告诉我不回家去过年的时候，我已经看出了他对我的好意，心里着实的过意不去，现在又听了他这话，更加觉得对他不起了，所以就对他说：

“你去吧！家里又近，回家去又可以享受夫妇的天伦之乐，为什么不回去呢？”

但他无论如何总不肯一个人回去，从十点半钟讲起，一直讲到中午吃饭的时候止，他总要我和他一道，才肯回去。他的脾气是很古怪的，平时沉默寡言，凡事一说出口，却不肯改过口来。我和他相处半年，深知他有这一种执拗不弯的习气，所以到后来就终究答应了他，和他一道上他那里去过年。

那一天早晨很冷，中午的时候，太阳还躲在灰白的层云里，吃过中饭，把行李收拾了一收拾，正要雇车出去的时候，寒空里却下起鹅毛似的雪片来了。

雇洋车坐到永定门外，从永定门我们再雇驴车到殷家集去。路上来往的行人很少，四野寥阔，只有几簇枯树林在那里点缀冬郊的寂寞。雪片尽是一阵一阵的大起来，四面的野景，渺渺茫茫，从车篷缺处看出去，好像是披着了一层薄纱似的。幸亏我们车是往南行的，北风吹不着，但驴背的雪片积得很多，溶化的热气一道一道的偷进车厢里来，看去好像是驴子在那里出汗的样子。

冬天的短日，阴森森的晚了，驴车里摇动虽则很厉害，但我已经昏昏的睡着。到了他摇我醒来的时候，我同做梦似的不晓得身子在什么地方。张开眼睛来一看，只觉得车篷里黑得怕人。他笑着说：

“李君！你醒醒吧！你瞧，前面不是有几点灯火看见了么？

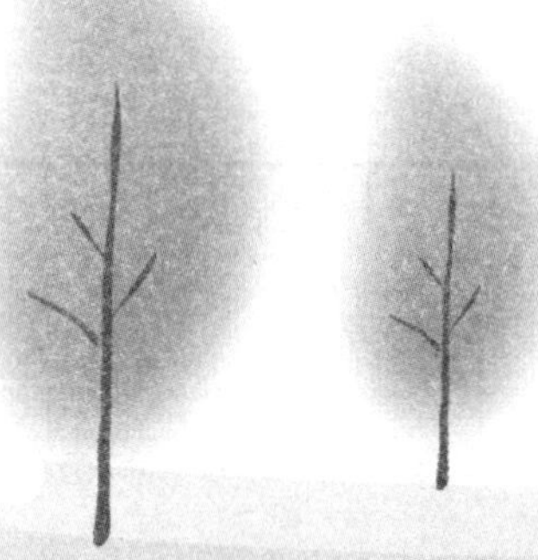

那儿就是殷家集呀！”

又走了一阵，车子到了他家的门口，下车之后，我的脚也盘坐得麻了。走进他的家里去一看，里边却宽敞得很。他的老父和母亲，喜欢得了不得。我们在一盏煤油灯下，吃完了晚饭，他的媳妇也出来为我在一张暖炕上铺起被褥来。说起他的媳妇，本来是生长在他家里的童养媳，是于去年刚合婚的。两只脚缠得很小，相儿虽则不美，但在乡下也不算很坏。不过衣服的样子太古，从看惯了都会人士的我们看来，她那件青布的棉袄，和紧扎着脚的红棉裤，实在太难看了。这一晚因为日间在驴车上摇摆了半天，我觉得有点倦了，所以吃完晚饭之后，一早就上炕去睡了。他在里间房里和他父母谈了些什么，和他媳妇在什么时候上炕，我却没有知道。

在他家里过了一个年，住了九天，我所看出的事实，有两件很使我为他伤心：第一是婚姻的不如意，第二是他家里的贫穷。

北方的农家，大约都是一样的，终岁劳动，所得的结果，还不够供政府的苛税。他家里虽则有几十亩地，然而这几十亩地的出息，除了赋税而外，他老父母的饮食和媳妇儿的服饰，还是供给不了的。他是独养儿子，父亲今年五十多了。他前后左右的农家的儿子，年纪和他相上下的，都能上地里去工作，帮助家计；而他一个人在学校里念书，非但不能帮他父亲，并且时时还要向家里去支取零用钱来买书购物。到此，我才看出了他在学校里所以要这样减省的原因。唯其如此，我和他同病相怜，更加觉得他的人格的高尚。

到了正月初四，旧年的雪也溶化了，他在家里日日和那童养媳相对，也似乎十分的不快，所以我就劝他早日回京，回到学校里去。

正月初五的早晨，天气很好，他父亲自家上前面一家姓陈的人家，去借了驴儿和车子，送我们进城来。

说起了这姓陈的人家，我现在还疑他们的女儿是我同学致死的最大原因。陈家是殷家集的豪农，有地二百多顷。房屋也是瓦屋，屋前屋后的墙围很大。他们有三个儿子，顶大的却是一位女儿。她今年十九岁了，比我那位同学小两岁。我和他在他家里住了九天，然而一半的光阴却是在陈家费去的。陈家的老头儿，年纪和我同学的父亲差不多，可是娶了两次亲，前后都已经死了。初娶的正配生了一个女儿，继娶的续弦生了三个男孩，顶大的还只有十一岁。

我的同学和陈家的惠英——这是她的名字——小的时候，在一个私塾里念书；后来大了，他就去进了史官屯的小学校。这史官屯在殷家集之北七八里路的地方，是出永定门以南的第一个大村庄。他在史官屯小学里住了四年，成绩最好，每次总考第一，所以毕业之后，先生就为他去北京师范报名，要他继续的求学。这先生现在也已经去世了，我的同学一说起他，还要流出眼泪来，感激得不了。从此他在北京师范住了四年，现在却安安稳稳的进了大学。读书人很少的这村庄上，大家对于他的勤俭力学，当然是非常尊敬。尤其是陈家的老头儿，每对他父亲说：

“雅儒这小孩，一定很有出息，你一定培植他出来，若要钱用，我尽可以为你出力。”

我说了大半天，把他的名姓忘了，还没有告诉出来。他姓朱，名字叫“雅儒”。我们学校里的称呼本来是连名带姓叫的，大家叫他“朱雅儒”“朱雅儒”；而他叫人，却总不把名字放进去，只叫一个姓氏，底下添一个君字。因此他总不直呼其名的叫我“李厥明”，而以“李君”两字叫我。我起初还听不惯，觉得有点儿不好意思；后来也就学了他，叫他“朱君”，“朱君”了。

陈家的老头儿既然这样的重视他，对于他父亲提出的借款问题，当然是百无一拒的。所以我想他们家里，欠陈家的款，一定也是不在少数。

那一天，正月初五的那一天，他父亲向陈家去借了驴车驴子，送我们进城来，我在路上因为没有话讲，就对他说：

“可惜陈家的惠英没有读书，她实在是聪明得很！”

他起初听了我这一句话，脸上忽而红了一红，后来觉得我讲这话时并没有恶意含着，他就叹了一日气说：

“唉！天下的恨事正多得很哩！”

我看他的神气，似乎他不大愿意我说这些女孩儿的事情，所以我也就默默的不响了。

那一天到了学校之后，同学们都还没有回来，我和他两个人逛逛厂甸，听听戏，也就猫猫虎虎将一个寒假过了过去。开学之后，又是刻板的生活，上课下课，吃饭睡觉，一直到了暑假。

暑假中，我因为想家想得心切，就和他别去，回南边的家里来住了两个月。上车的时候，他送我到车站上来，说了许多互相勉励的说话，要我到家之后，每天写一封信给他，报告南边的风物。而我自家呢，说想于暑假中去当两个月家庭教师，好弄一点零用，买一点书籍。

我到南边之后，虽则不天天写信，但一个月中间，也总计要和他通五六封信。我从信中的消息，知道他暑假中并不回家去，仍住在北京一家姓黄的人家教书，每月也可得二十块钱薪水。

到阳历八月底边，他写信来催我回京，并已说他于前星期六回到殷家集去了一次，陈家的惠英还在问起我的消息呢。

因为他提起了惠英，我倒想起当日在殷家集过年的事情来了。惠英的貌并不美，不过皮肤的细白实在是北方女子中间所少见的。一双大眼睛，看人的时候，使人要惧怕起来；因为她的眼睛似乎能洞见一切的样子。身材不矮不高，一张团团的面使人一见就觉得她是一个忠厚的人。但是人很能干，自她后母死后，一切家计都操在她的手里。她的家里，洒扫得很干净。西面的一间厢房，是她的起坐室，一切账簿文件，都搁在这一间厢房里。我和朱君于过年前后的几天中老去坐谈的，也是在这间房里。她父亲喜欢喝点酒，所以正月里的几天，他老在外头。我和朱君上她家里去的时候，不是和她的几个弟弟说笑话，谈故事，就和她讲些北京学校里的杂事。朱君对她，严谨沉默，和对我们同学一样。她对朱君亦没有什么特别的亲热的表示。

只有一天，正月初四的晚上，吃过晚饭之后，朱君忽而从家中走了出去。我和他父亲谈了些杂天，抽了一点空，也顺便走了出去，上前面陈家去，以为朱君一定在她那里坐着。然而到了那厢房里，和她的小兄弟谈了几句话之后，问他们“朱君来过了没有？”，他们都摇摇头说“没有来过”。问他们的“姊姊呢？”，他们回答说：“病着，睡觉了。”

我回到朱家来，正想上炕去睡的时候，从前面门里朱君却很快的走了进来。在煤油灯底下，我虽看不清他的脸色，然而从他和我说话的声气及他那双红肿的眼睛上看来，似乎他刚上什么地方去痛哭了一场似的。

我接到了他催我回京的信后，一时联想到了这些细事，

心里倒觉得有点好笑，就自言自语的说了一句：

“老朱！你大约也掉在恋爱里了吧？”

阳历九月初，我到了北京，朱君早已回到学校里来，床位饭案等事情，他早已为我弄好，弄得和他一块。暑假考的成绩，也已经发表了，他列在第二，我却在他的底下三名的第五，所以自修室也合在一块儿。

开学之后，一切都和往年一样，我们的生活也是刻板式的很平稳的过去了一个多月。北京的天气，新考入来的学生，和我们一班的同学，以及其他的一切，都是同上学期一样的没有什么变化，可是朱君的性格却比从前有点不同起来了。

平常本来是沉默的他，入了阳历十月以后，更是闷声不响了。本来他用钱是很节省的，但是新学期开始之后，他老拖了我上酒店去喝酒去。拼命的喝几杯之后，他就放声骂社会制度的不良，骂经济分配的不均，骂军阀，骂官僚，末了他尤其攻击北方农民阶级的愚昧，无微不至。我看了他这一种悲愤，心里也着实为他所动，可是到后来只好以顺天守命的老生常谈来劝他。

本来是勤勉的他，这一学期来更加用功了。晚上熄灯铃打了之后，他还是一个人在自修室里点着洋蜡，在看英文的爱伦凯，倍倍儿，须帝纳儿等人的书。我也曾劝过他好几次，教他及时休养休养，保重身体。他却昂然地对我说：

“像这样的世界上，像这样的社会里，我们偷生着有什么用处？什么叫保重身体？你先去睡吧！”

礼拜六的下午和礼拜天的早晨，我们本来是每礼拜约定上郊外去走走的；但他自从入了阳历十月以后，不推托说是书没有看完，就说是身体不好，总一个人留在寝室里不出去。实际上，我看他的身体也一天一天的瘦下去了。两道很浓的眉毛，投下了两层阴影，他的眼窝陷落得很深，看起来实在有点怕人，而他自家却还在起早落夜的读那些提倡改革社会的书。我注意看他，觉得他的饭量也渐渐的减下去了。

有一天寒风吹得很冷，天空中遮满了灰暗的云，仿佛要下大雪的早晨，门房忽而到我们的寝室里来，说有一位女客，在那里找朱先生。那时候，朱君已经出去上操场上去散步看书去了。我走到操场上，寻见了他，告诉了他以后，他脸上忽然变得一点血色也没有，瞪了两眼，同呆子似的尽管问我说：

“她来了么？她真来了么？”

我倒教他骇了一跳，认真的对他说：

“谁来谎你，你跑出去看看就对了。”

他出去了半日，到上课的时候，也不进教室里来；等到午后一点多钟，我在下堂上自修室去的路上，却遇见了他。他的脸色更灰白了，比早晨我对他说话的时候还要阴郁，锁紧了的一双浓厚的眉毛，阴影扩大了开来，他的全部脸上都罩着一层死色。我遇见了他，问他早晨来的是谁，他却微微的露了一脸苦笑说：

“是惠英！她上京来买货物的，现在和她爸爸住在打磨厂高升店。你打算去看她么？我们晚上一同去吧！去和他们听戏去。”

听了他这一番话，我心里倒喜欢得很，因为陈家的老头儿的话，他是很要听的。所以我想吃过晚饭之后，和他同上高升店去，一则可以看看半年多不见的惠英，二则可以托陈家的老头儿劝劝朱君，劝他少用些功。

吃过晚饭，风刮得很大，我和他两个人不得不坐

洋车上打磨厂去。到高升店去一看，他们父女二人正在吃晚饭，陈老头还在喝白干，桌上一个羊肉火锅烧得满屋里都是火锅的香味。电灯光为火锅的热气所包住，照得房里朦朦胧胧。惠英着了一件黑布的长袍，立起来让我们坐下喝酒的时候，我觉得她的相儿却比在殷家集的时候美得多了。

陈老头一定要我们坐下去喝酒，我们不得已就坐下去喝了几杯。一边喝，一边谈，我就把朱君近来太用功的事情说了一遍。陈老头听了我的话，果然对朱君说：

“雅儒！你在大学里，成绩也不算不好，何必再这样呢？听说你考在第二名，也已经可以了，你难道还想夺第一名么？……总之，是身体要紧。……你的家里，全都在盼望你在大学到毕业后，赚钱去养家。万一身体不好，你就是学问再好一点，也没有用处。”

朱君听了这些话，尽是闷声不语，一杯一杯的在俯着头喝酒。我也因为喝了一点酒，头早昏痛了，所以看不出他的表情来。一面回过头来看看惠英，似乎也俯着了头，在那里落眼泪。

这一天晚上，因为谈天谈得时节长了，戏终于没有去听。我们坐洋车回校里的时候，自修的钟头却已经过了。第二天，陈家的父女已经回家去了，我们也就回复了平时的刻板生活。朱君的用功，沉默，牢骚抑郁的态度，也仍旧和前头一样，并不因陈家老头儿的劝告而减轻些。

时间一天一天的过去，又是一年将尽的冬天到了。北风接着吹了几人，早晚的寒冷骤然增加了起来。

年假考的前一个星期，大家都紧张起来了，朱君也因这一学期看课外的书看了太多，把学校里的课本丢开的原因，接连有三夜不睡，温习了三夜功课。

正将考试的前一天早晨，朱君忽而一早就起了床，袜子也不穿，蓬头垢面的跑了出去。跑到了门房里，他拉住了门房，要他把那一个人交出来。门房莫名其妙，问他所说的那一个人是谁，他只是拉住了门房吵闹，却不肯说出那一个人的姓名来。吵得声音大了，我们都出去看，一看是朱君在和门房吵闹，我就夹了进去。这时候我一看未君的神色，自家也骇了一跳。

他的眼睛是血涨得红红的，两道眉毛直竖在那里，脸上是一种没有光泽的青灰色，额上颈项上胀满了许多青筋。他一看见我们，就露了两列雪白的牙齿，同哭也似的笑着说：

“好好，你们都来了，你们把这一个小军阀看守着，让我去拿出手枪来枪毙他。”

说着，他就把门房一推，推在我和另外两个同学的身上；大家都不提防他的，被他这么一推，四个人就一块儿的跌倒在地上。他却狞猛地哈哈的笑了几声，就一直的跑了进去。

我们看了他这一种行动，大家都晓得他是精神错乱了。就商量叫校役把他看守在养病室里，一边去通知学校当局，请学校里快去请医生来替他医治。

他一个人坐在养病室里不耐烦，硬要出来和校役打骂。并且指看守他的校役是小军阀，骂着说：

“混蛋，像你这样的一个小小的军阀，也敢强取人家的闺女么？快拿手枪来，快拿手枪来！”

校医来看他的病，也被他打了几下，并且把校医的一副眼镜也扯下来打碎了。我站在门口，含泪的叫了几声：

“朱君！朱君！你连我都认不清了么？”

他光着眼睛，对我看了一忽，就又哈哈哈哈的笑着说：

“你这小王八，你是来骗钱的吧！”

说着，他又打上我的身来，我们不得已就只好将养病室的门锁上，一边差人上他家里去报信，叫他的父母出来看护他的病。

到了将晚的时候，他父亲来了，同来的是陈家的老头儿。我当夜就和他们陪朱君出去，在一家公寓里先租了一间房间住着。朱君的病愈来愈凶了，我们三个人因为想制止他的暴行，终于一晚没有睡觉。

第二天早晨，我一早就回学校去考试，到了午后，再上公寓里去看他的时候，知道他们已经另外租定了一间小屋，把朱君捆缚起来了。

我在学校里考试考了三天，正到考完的那一日早晨一早就接到了一个急信，说朱君已经不行了，急待我上那儿去

看看他。我到了那里去一看，只见黑漆漆的一间小屋里，他同鬼也似的还被缚在一张板床上。房里的空气秽臭得不堪，在这黑臭的空气里，只听见微微的喘气声和腹泻的声音。我在门口静立了一忽，实在是耐不住了，便放高了声音，“朱君”“朱君”的叫了两声。坐在他脚后的他那老父，马上就举起手来阻止住我的发声。朱君听了我的唤声，把头转过来看我的时候，我只看见了一个枯黑得同骷髅似的头和很黑很黑的两颗眼睛。

我踏进了那间小房，审视了他一回，看见他的手脚还是绑着，头却软软的斜靠在枕头上面。脚后头坐在他父亲背后的，还有一位那朱君的媳妇，眼睛哭得红肿，呆呆的缩着头，在那里看守着这将死的她的男人。

我向前后一看，眼泪忽而涌了出来，走上他的枕头边上，伏下身去，轻轻的问了他一句话“朱君！你还认得我么？”，底下就说不下去了。他又转过头来对我看了一眼，脸上一点儿表情也没有，但由我的泪眼看过去，好像他的眼角上也在流出眼泪来的样子。

我走近他父亲的身边，问陈老头哪里去了。他父亲说：

“他们惠英要于今天出嫁给一位军官，所以他早就回去料理喜事去了。”

我又问朱君服的是什么药，他父亲只摇摇头，说：“我也不晓得。不过他服了药后，却泻到如今，现在是好像已经不行了。”

我心里想，这一定是服药服错了，否则，三天之内，他何以会变得这样的呢？我正想说话的时候，却又听见了一阵腹泻的声音，朱君的头在枕上摇了几摇，喉头咯咯的响起来了。我的毛发悚竖了起来，同时他父亲，他媳妇儿也站起来赶上他的枕头边上去。我看见他的头往上抽了几抽，喉咙头格落落响了几声，微微抽动了一刻钟的样子，一切的动静就停止了。他的媳妇儿放声哭了起来，他的父亲也因急得痴了，倒只是不发声的呆站在那里。我却忍耐不住了，也低下头去在他耳边“朱君！朱君！”的绝叫了两三声。

第二天早晨，天又下起微雪来了。我和朱君的父亲和他的媳妇，在一辆大车上一清早就送朱君的棺材出城去。这时候城内外的居民还没有起床，长街上清冷的很。一辆大车，前面载着朱君的灵柩，后面坐着我们三人，慢慢的在雪里转走。雪片积在前面罩棺木的红毡上，我和朱君的父亲却包在一条破棉被里，避着背后吹来的北风。街上的行人很少，朱君的媳妇幽幽在哭着的声音，觉得更加令人伤感。

大车走出永定门的时候，黄灰色的太阳出来了，雪片也似乎少了一点。我想起了去年冬假里和朱君一道上他家去的光景，就不知不觉的向前面的灵柩叫了两声，忽儿按捺不住地“哗”的一声放声哭了起来。

（一九二七年七月十六日作）

散文辑

郁达夫的散文无一例外是“自我的表现”，与其小说作品的共性便是“自叙传”式的自我表现。这种坦诚、露骨的表现，正是郁达夫作品独树一帜之处。郁达夫认为，小说带有作家的自叙传，“现代的散文，却更是带有自叙传的色彩。”他自己的散文就是循着这一原则构造的。

郁达夫毫不掩饰地表露他的身世、思想、感情、癖好，将自己的信仰、习惯给予在作品之中，借自己的感受，表现了在旧社会的压迫、窒息下青年人的精神苦闷，从而形成了自己独特的散文特色：浪漫的青年觉醒者的理想，感伤的弱者的情绪，反压迫的民主主义者的倾向。

郁达夫的散文创作，强烈地表现了作家个性。他在散文中对自己的思想、生活细节进行详细描写，表现了他“自叙传”的独特风格，将忧郁感伤的情调深深地烙在他的创作中。作品中不拘泥于形式，纵情宣泄，发出了自己的声音，篇篇洋溢着回肠荡气的诗的情调，毫无遮掩地表现了一个富有才情的知识分子在动乱社会里的复杂心情，展现出一副副感伤、压抑而又隽永、秀美的情景交融的场景。

故都的秋

导读：

1934年7月，郁达夫“不远千里”从杭州经青岛去北平，再次饱尝了故都的“秋味”，触景生情，创作了这篇散文佳作。《故都的秋》被公认为现代散文史上的名篇，其文笔灵活，情感深厚，意蕴悠长。

文章开篇总写作者对北国、江南之秋的不同感受，表达对北国之秋的向往之情。接下来详细写到北国之秋的美景，“清”“静”“悲哀”这些特色与故都的自然风物相结合，从多种角度赞颂秋，赞颂北国的秋，表达了作者对故都的秋无比眷念之情。

秋天，无论在什么地方的秋天，总是好的；可是啊，北国的秋，却特别地来得清，来得静，来得悲凉。我的不远千里，要从杭州赶上青岛，更要从青岛赶上北平来的理由，也不过想饱尝一尝这“秋”，这故都的秋味。

江南，秋当然也是有的；但草木凋得慢，空气来得润，天的颜色显得淡，并且又时常多雨而少风；一个人夹在苏州上海杭州，或厦门香港广州的市民中间，浑浑沌沌地过去，只能感到一点点清凉，秋的味，秋的色，秋的意境与姿态，总看不饱，尝不透，赏玩不到十足。秋并不是名花，也并不是美酒，那一种半开，半醉的状态，在领略秋的过程上，是不合适的。

不逢北国之秋，已将近十余年了。在南方每年到了秋天，总要想起陶然亭的芦花，钓鱼台的柳影，西山的虫唱，玉泉的夜月，潭柘寺的钟声。在北平即使不出门去罢，就是在皇城人海之中，租人家一椽破屋来住着，早晨起来，泡一碗浓茶、向院子一坐，你也能看得到很高很高的碧绿的天色，听得到青天下驯鸽的飞声。从槐树叶底，朝东细数着一丝一丝漏下来的日光，或在破壁腰中，静对着像喇叭似的牵牛花（朝荣）的蓝朵，自然而然地

也能够感觉到十分的秋意。说到了牵牛花，我以为以蓝色或白色者为佳，紫黑色次之，淡红色最下。最好，还要在牵牛花底，教长着几根疏疏落落的尖细且长的秋草，使作陪衬。

北国的槐树，也是一种能使人联想起秋来的点缀。像花而又不是花的那一种落蕊，早晨起来，会铺得满地。脚踏上去，声音也没有，气味也没有，只能感出一点点极微细极柔软的触觉。扫街的在树影下一阵扫后，灰土上留下来的一条条扫帚的丝纹，看起来既觉得细腻，又觉得清闲，潜意识下并且还觉得有点儿落寞，古人所说的梧桐一叶而天下知秋的遥想，大约也就在这些深沉的地方。

秋蝉的衰弱的残声，更是北国的特产；因为北平处处全长着树，屋子又低，所以无论在什么地方，都听得见它们的啼唱。在南方是非要上郊外或山上去才听得到的。这秋蝉的嘶叫，在北平可和蟋蟀耗子一样，简直像是家家户户都养在家里的家虫。

还有秋雨哩，北方的秋雨，也似乎比南方的下得奇，下得有味，下得更像样。

在灰沉沉的天底下，忽而来一阵凉风，便息列索落地下起雨

来了。一层雨过，云渐渐地卷向了西去，天又青了，太阳又露出脸来了；著着很厚的青布单衣或夹袄的都市闲人，咬着烟管，在雨后的斜桥影里，上桥头树底下去一立，遇见熟人，便会用了缓慢悠闲的声调，微叹着互答着的说：

“唉，天可真凉了——”（这了字念得很高，拖得很长。）

“可不是么？一层秋雨一层凉了！”

北方人念阵字，总老像是层字，平平仄仄起来，这念错的歧韵，倒来得正好。

北方的果树，到秋来，也是一种奇景。第一是枣子树；屋角，墙头，茅房边上，灶房门口，它都会一株株地长大起来。像橄榄又像鸽蛋似的这枣子颗儿，在小椭圆形的细叶中间，显出淡绿微黄的颜色的时候，正是秋的全盛时期；等枣树叶落，枣子红

完，西北风就要起来了，北方便是尘沙灰土的世界，只有这枣子、柿子、葡萄，成熟到八九分的七八月之交，是北国的清秋的佳日，是一年之中最好也没有的Golden Days。

有些批评家说，中国的文人学士，尤其是诗人，都带着很浓厚的颓废色彩，所以中国的诗文里，颂赞秋的文字特别的多。但外国的诗人，又何尝不然？我虽则外国诗文念得不多，也不想开出账来，做一篇秋的诗歌散文钞，但你若去一翻英德法意等诗人的集子，或各国的诗文的Anthology来，总能够看到许多关于秋的歌颂与悲啼。各著名的大诗人的长篇田园诗或四季诗里，也总以关于秋的部分，写得最出色而最有味。足见有感觉的动物，有情趣的人类，对于秋，总是一样的能特别引起深沉，幽远，严厉，萧索的感触来的。不单是诗人，就是被关闭在牢狱里的囚犯，到了秋天，我想也一定会感到一种不能自已的深情；秋之于人，何尝有国别，更何尝有人种阶级的区别呢？不过在中国，文字里有一个“秋士”的成语，读本里又有着很普遍的欧阳子的《秋声》与苏东坡的《赤壁赋》等，就觉得中国的文人，与秋的关系特别深了。可是这秋的深味，尤其是中国的秋的深味，非要在北方，才感受得到底。

南国之秋，当然是也有它的特异的地方的，比如廿四桥的明月，钱塘江的秋潮，普陀山的凉雾，荔枝湾的残荷等等，可是色彩不浓，回味不永。比起北国的秋来，正像是黄酒之与白干，稀饭之与馍馍，鲈鱼之与大蟹，黄犬之与骆驼。

秋天，这北国的秋天，若留得住的话，我愿把寿命的三分之二折去，换得一个三分之一的零头。

（一九三四年八月作于北平）

北平的四季

导读：

郁达夫写北平的四季，描写细腻真切，深邃优美，充分传达出北平四季各自奕奕的精神品格，做到了形神兼备。四季之景，犹如一幅栩栩如生的画卷，色彩亮丽，饱含感情，灵秀之气馥郁而出，让人心驰神往。

郁达夫在描写这北平四季之景的同时，也为我们带来了椎心的痛。他在提醒我们，这是“我的对这日就沦亡的故国的哀歌”；美景“却已完全掌握在一只满长着黑毛的巨魔手里了！北望中原，究竟要到哪一日才能够重见得到天日呢！”寥寥数语与美景相结合，更让人觉得心痛，瞬间引发我们的爱国之情。四季的景致之中，隐含的确是作者对祖国的爱，深彻肺腑的亡国之痛！

对于一个已经化为异物的故人，追怀起来，总要先想到他或她的好处；随后再慢慢的想想，则觉得当时所感到的一切坏处，也会变作很可寻味的一些纪念，在回忆里开花。关于一个曾经住过的旧地，觉得此生再也不会第二次去长住了，身处入了远离的一角，向这方向的云天遥望一下，回想起来的，自然也同样地只是它的好处。

中国的大都会，我前半生住过的地方，原也不在少数；可是当一个人静下来回想起从前，上海的闹热，南京的辽阔，广州的乌烟瘴气，汉口武昌的杂乱无章，甚至于青岛的清幽，福州的秀丽以及杭州的沉着，总归都还比不上北京——我住在那里的时候，当然还是北京——的典丽堂皇，幽闲清妙。

先说人的分子罢，在当时的北京——民国十一二年前后——上自军财阀政客名优起，中经学者名人，文士美女教育家，下而至于负贩拉车铺小摊的人，都可以谈谈，都有一艺之长，而无憎人之貌；就是由荐头店荐来的老妈子，除上炕者是当然以外，也总是衣冠楚楚，看起来不觉得会令人讨嫌。

其次说到北京物质的供给哩，又是山珍海味，洋广杂货，以及萝卜白菜等本地产品，无一不备，无一不好的地方。所以在北京住上两三年的人，每一遇到要走的时候，总只感到北京的空气太沉闷，灰沙太暗淡，生活太无变化；一鞭出走，出前门便觉胸舒，过卢沟方知天晓，仿佛一出都门，就上了新生活开始的坦道似的；但是一年半载，在北京以外的各地——除了在自己幼年的故乡以外——去一住，谁也会得重想起北京，再希望回去，隐隐地对北京害起剧烈的怀乡病来。这一种经验，原是住过北京的人，个个都有，而在我自己，却感觉得格外的浓，格外的切。最大的原因或许是为了我那长子之骨，现在也还埋在郊外广谊园的坟山，而几位极要好的知己，又是在那里同时毙命的受难者的一群。

北平的人事品物，原是无一不可爱的，就是大家觉得最要不得的北平的天候，和地理联合上一起，在我也觉得是中国各大都会中所寻不出几处来的好地。为叙述的便利起见，想分成四季来约略地说说。

北平自入旧历的十月以来，就是灰沙满地，寒风刺骨的节季了，所以北平的冬天，是一般人所最怕过的日子。但是要想认识一个地方的特异之处，我以为顶好是当这特异处表现得最圆满的时候去领略；故而夏天去热带，寒天去北极，是我一向所持的哲理。北平的冬天，冷虽则比南方要冷得多，但是北方生活的伟大幽闲，也只有在冬季，使人感受得最彻底。

先说房屋的防寒装置吧，北方的住屋，并不同南方的摩登都市一样，用的是钢骨水泥，冷热气管；一般的北方人家，总只是矮矮的一所四合房，四面是很厚的泥墙；上面花厅内都有一张暖炕，一所回廊；廊子上是一带明窗，窗眼里糊着薄纸，薄纸内又装上风门，另外就没有什么了。在这样简陋的房屋之内，你只教把炉子一生，电灯一点，棉门帘一挂上，在屋里住着，却一辈子总是暖炖炖像是春三四月里的样子。尤其会得使你感觉到屋内的温软堪恋的，是屋外窗外面乌乌在叫啸的西北风。天色老是灰沉沉的，路上面也老是灰的围障，而从风尘灰土中下车，一踏进屋里，就觉得一团春气，包围在你的左右四周，使你马上就忘记了屋外的一切寒冬的苦楚。若是喜欢吃吃酒，烧烧羊肉锅的人，那冬天的北方生活，就更加不能够割舍；酒已经是御寒的妙药了，再加上以大蒜与羊肉酱油合煮的香味，简直可以使一室之内，涨满了白的水蒸温气。玻璃窗内，前半夜，会流下一条条的清汗，后半夜就变成了花色奇异的冰纹。

到了下雪的时候哩，景象当然又要一变。早晨从厚棉被里张开眼来，一室的清光，会使你的眼睛眩晕。在阳光照耀之下，雪也一粒一粒的放起光来了，蛰伏得很久的小鸟，在这时候会飞出来觅食振翎，谈天说地，吱吱的叫个不休。数日来的灰暗天空，愁云一扫，忽然变得澄清见底，翳障全无；于是年轻的北方住民，就可以营屋外的生活了，溜冰，做雪人，赶冰车雪车，就在这一种日子里最有劲儿。

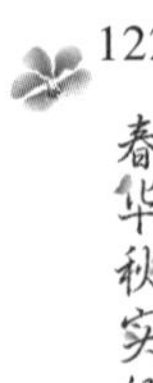

我曾于这一种大雪时晴的傍晚，和几位朋友，跨上跛驴，出

西直门上骆驼庄去过过一夜。北平郊外的一片大雪地，无数枯树林，以及西山隐隐现现的不少白峰头，和时时吹来的几阵雪样的西北风，所给与人的印象，实在是深刻，伟大，神秘到了不可以言语来形容。直到了十余年后的现在，我一想起当时的情景，还会得打一个寒颤而吐一口清气，如同在钓鱼台溪旁立着的一瞬间一样。

北平的冬宵，更是一个特别适合于看书，写信，追思过去，与作闲谈说废话的绝妙时间。记得当时我们兄弟三人，都住在北京，每到了冬天的晚上，总不远千里地走拢来聚在一道，会谈少年时候在故乡所遇所见的事事物物。小孩们上床去了，佣人们也都去睡觉了，我们弟兄三个，还会得再加一次煤再加一次煤地长谈下去。有几宵因为屋外面风紧天寒之故，到了后半夜的一二点钟的时候，便不约而同地会说出索性坐坐到天亮的话来。像这一种可宝贵的记忆，像这一种最深沉的情调，本来也就是一生中不能够多享受几次的昙花佳境，可是若不是在北平的冬天的夜里，那趣味也一定不会得像如此的悠长。

总而言之，北平的冬季，是想赏识赏识北方异味者之唯一的机会；这一季里的好处，这一季里的琐事杂忆，若要详细地写起来，总也有一部《帝京景物略》那么大的书好做；我只记下了一点点自身的经历，就觉得过长了，下面只能再来略写一点春和夏以及秋季的感怀梦境，聊作我的对这日就沦亡的故国的哀歌。

春与秋，本来是在什么地方都属可爱的时节，但在北平，却与别的地方也有点儿两样。北国的春，来得较迟，所以时间也比较得短。西北风停后，积雪渐渐地消了，赶牲口的车夫身上，看不见那件光板老羊皮的大袄的时候，你就得预备着游春的服饰与金钱；因为春来也无信，春去也无踪，眼睛一眨，在北平市内，春光就会得同飞马似的溜过。屋内的炉子，刚拆去不久，说不定你就马上得去叫盖凉棚的才行。

而北方春天的最值得记忆的痕迹，是城厢内外的那一层新绿，同洪水似的新绿。北京城，本来就是一个只见树木不见屋顶的绿色的都会，一踏出九城的门户，四面的黄土坡上，更是杂树丛生的森林地了；在日光里颤抖着的嫩绿的波浪，油光光，亮晶晶，若是神经系统不十分健全的人，骤然间身入到这一个淡绿色的海洋涛浪里去一看，包管你要张不开眼，立不住脚，而昏厥过去。

北京市内外的新绿，琼岛春阴，西山挹翠诸景里的新绿，真是一幅何等奇伟的外光派的妙画！但是这画的框子，或者简直说这画的画布，现在却已经完全掌握在一只满长着黑毛的巨魔的手里了！北望中原，究竟要到哪一日才能够重见得到天日呢？

从地势纬度上讲来，北方的夏天，当然要比南方的夏天来得凉爽。在北平城里过夏，实在是并没有上北戴河或西山去避暑的必要。一天到晚，最热的时候，只有中午到午后三四点钟的几个钟头，晚上太阳一下山，总没有一处不是凉阴阴要穿单衫才能过去的；半夜以后，更是非盖薄棉被不可了。而北平的天然冰的便宜耐久，又是夏天住过北平的人所忘不了的一件恩惠。

我在北平，曾经过过三个夏天；像什刹海，菱角沟，二闸等暑天游耍的地方，当然是都到过的；但是在三伏的当中，不问是白天或是晚上，你只教有一张藤榻，搬到院子里的葡萄架下或藤花阴处去躺着，吃吃冰茶雪藕，听听盲人的鼓词与树上的蝉鸣，可以一点儿也感不到炎热与熏蒸。而夏天最热的时候，在北平顶多总不过九十四五度，这一种大热的天气，全夏顶多顶多又不过十日的样子。

在北平，春夏秋的三季，是连成一片；一年之中，仿佛只有一段寒冷的时期，和一段比较得温暖的时期相对立。由春到夏，是短短的一瞬间，自夏到秋，也只觉得是过了一次午睡，就有点儿凉冷起来了。因此，北方的秋季也特别的觉得长，而秋天的回味，也更觉得比别处来得浓厚。前两年，因去北戴河回来，我曾在北平过过一个秋，在那时候，已经写过一篇《故都的秋》，对这北平的秋季颂赞过了一道了，所以在这里不想再来重复；可是北平近郊的秋色，实在也正像是一册百读不厌的奇书，使你愈翻愈会感到兴趣。

秋高气爽，风日晴和的早晨，你且骑着一匹驴子，上西山八大处或玉泉山碧云寺去走走看；山上的红柿，远处的烟树人家，郊野里的芦苇黍稷，以及在驴背上驮着生果进城来卖的农户佃家，包管你看一个月也不会看厌。春秋两季，本来是到处都好的，但是北方的秋空，看起来似乎更高一点，北方的空气，吸起来似乎更干燥健全一点。而那一种草木摇落，金风肃杀之感，在北方似乎也更觉得要严肃，凄凉，沉静得多。你若不信，你且去西山脚下，农民的家里或古寺的殿前，自阴历八月至十月下旬，去住它三个月看看。古人的“悲哉秋之为气”以及“胡笳互动，牧马悲鸣”的那一种哀感，在南方是不大感觉得到的，但在北平，尤其是在郊外，你真会得感至极而涕零，思千里兮命驾。所

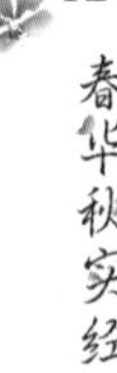

以我说，北平的秋，才是真正的秋；南方的秋天，不过是英国话里所说的Indian Summer或叫作小春天气而已。

统观北平的四季，每季每节，都有它的特别的好处；冬天是室内饮食奄息的时期，秋天是郊外走马调鹰的日子，春天好看新绿，夏天饱受清凉。至于各节各季，正当移换中的一段时间哩，又是别一种情趣，是一种两不相连，而又两都相合的中间风味，如雍和宫的打鬼，净业庵的放灯，丰台的看芍药，万牲园的寻梅花之类。

五六百年来文化所聚萃的北平，一年四季无一月不好的北平，我在遥忆，我也在深祝，祝她的平安进展，永久地为我们黄帝子孙所保有的旧都城。

（一九三六年五月廿七日）

江南的冬景

导读：

画家刘海粟曾经说过：“青年画家不精读郁达夫的游记，画不了浙皖的山水；不看钱塘、富阳、新安，也读不通郁达夫的妙文。”由此便可看出郁达夫写景散文的妙处。本文通过北方冬景、闽粤地区冬景的对比，突出了江南冬景中的诗情画意。多次引用古诗，也为描写景致添加了韵味。

凡在北国过过冬天的人，总都道围炉煮茗，或吃煊羊肉，剥花生米，饮白干的滋味。而有地炉，暖炕等设备的人家，不管它门外面是雪深几尺，或风大若雷，而躲在屋里过活的两三个月的生活，却是一年之中最有劲的一段蛰居异境；老年人不必说，就是顶喜欢活动的小孩子们，总也是个个在怀恋的，因为当这中间，有的萝卜、雅儿梨等水果的闲食，还有大年夜，正月初一元宵等热闹的节期。

但在江南，可又不同；冬至过后，大江以南的树叶，也不至于脱尽。寒风——西北风——间或吹来，至多也不过冷了一日两日。到得灰云扫尽，落叶满街，晨霜白得像黑女脸上的脂粉似的清早，太阳一上屋檐，鸟雀便又在吱叫，泥地里便又放出水蒸气来，老翁小孩就又可以上门前的隙地里去坐着曝背谈天，营屋外的生涯了；这一种江南的冬景，岂不也可爱得很么？

我生长江南，儿时所受的江南冬日的印象，铭刻特深；虽则渐入中年，又爱上了晚秋，以为秋天正是读读书，写写字的人的最惠节季，但对于江南的冬景，总觉得是可以抵得过北方夏夜的一种特殊情调，说得摩登些，便是一种明朗的情调。

我也曾到过闽粤，在那里过冬天，和暖原极和暖，有时候到了阴历的年边，说不定还不得不拿出纱衫来着；走过野人的篱落，更还看得见许多杂七杂八的秋花！一番阵雨雷鸣过后，凉冷一点；至多也只好换上一件夹衣，在闽粤之间，皮袍棉袄是绝对用不着的；这一种极南的气候异状，并不是我所说的江南的冬景，只能叫它作南国的长春，是春或秋的延长。

江南的地质丰腴而润泽，所以含得住热气，养得住植物；因而长江一带，芦花可以到冬至而不败，红时也有时候会保持得三个月以上的生命。像钱塘江两岸的乌桕树，则红叶落后，还有雪白的桕子着在枝头，一点一丛，用照相机照将出来，可以乱梅花之真。草色顶多成了赭色，根边总带点绿意，非但野火烧不尽，就是寒风也吹不倒的。若遇到风和日暖的午后，你一个人肯上冬郊去走走，则青天碧落之下，你不但感不到岁时的肃杀，并且还可以饱觉着一种莫名其妙的含蓄在那里的生气；“若是冬天来了，春天也总马上会来”的诗人的名句，只有在江南的山野里，最容易体会得出。

说起了寒郊的散步，实在是江南的冬日，所给与江南居住者的一种特异的恩惠；在北方的冰天雪地里生长的人，是终他的一生，也决不会有享受这一种清福的机会的。我不知道德国的冬天，比起我们江浙来如何，但从许多作家的喜欢以Spaziergang一字来做他们的创造题目的一点看来，大约是德国南部地方，四季的变迁，总也和我们的江南差仿不多。譬如说十九世纪的那位乡土诗人洛在格（Peter Rosegger 1843—1918）罢，他用这一个“散步”做题目的文章尤其写得多，而所写的情形，却又是大半可以拿到中国江浙的山区地方来适用的。

江南河港交流，且又地濒大海，湖沼特多，故空气里时含水分；到得冬天，不时也会下着微雨，而这微雨寒村里的冬霖景象，又是一种说不出的悠闲境界。你试想想，秋收过后，河流边三五家人家会聚在一道的一个小村子里，门对长桥，窗临远阜，这中间又多是树枝槎丫的杂木树林；在这一幅冬日农村的图上，再洒上一层细得同粉也似的白雨，加上一层淡得几不成墨的背景，你说还够不够悠闲？若再要点景致进去，则门前可以泊一只乌篷小船，茅屋里可以添几个喧哗的酒客，天垂暮了，还可以加一味红黄，在茅屋窗中画上一圈暗示着灯光的月晕。人到了这一个境界，自然会得胸襟洒脱起来，终至于得失俱亡，死生不同了；我们总该还记得唐朝那位诗人做的“暮雨潇潇江上树”的一首绝句罢？诗人到此，连对绿林豪客都客气起来了，这不是江南冬景的迷人又是什么？

一提到雨，也就必然的要想到雪："晚来天欲雪，能饮一杯无？"自然是江南日暮的雪景。"寒沙梅影路，微雪酒香村"，则雪月梅的冬宵三友，会合在一道，在调戏酒姑娘了。"柴门村犬吠，风雪夜归人"，是江南雪夜，更深人静后的景况。"前树深雪里，昨夜一枝开"又到了第二天的早晨，和狗一样喜欢弄雪的村童来报告村景了。诗人的诗句，也许不尽是在江南所写，而作这几句诗的诗人，也许不尽是江南人，但假了这几句诗来描写江南的雪景，岂不直截了当，比我这一支愚劣的笔所写的散文更美丽得多？

有几年，在江南，在江南也许会没有雨没有雪的过一个冬，到了春间阴历的正月底或二月初再冷一冷下一点春雪的；去年（一九三四）的冬天是如此，今年的冬天恐怕也不得不然，以节气推算起来，大约太冷的日子，将在一九三六年的二月尽头，最多也总不过是七八天的样子。像这样的冬天，乡下人叫作旱冬，对于麦的收成或者好些，但是人口却要受到损伤；旱得久了，白喉、流行性感冒等疾病自然容易上身，可是想恣意享受江南的冬景的人，在这一种冬天，倒只会得到快活一点，因为晴和的日子多了，上郊外去闲步逍遥的机会自然也多；日本人叫作Hi-king，德国人叫作Spaziergang狂者，所最欢迎的也就是这样的冬天。

窗外的天气晴朗得像晚秋一样；晴空的高爽，日光的洋溢，引诱得使你在房间里坐不住，空言不如实践，这一种无聊的杂文，我也不再想写下去了，还是拿起手杖，搁下纸笔，上湖上散散步罢！

（一九三五年十二月一日）

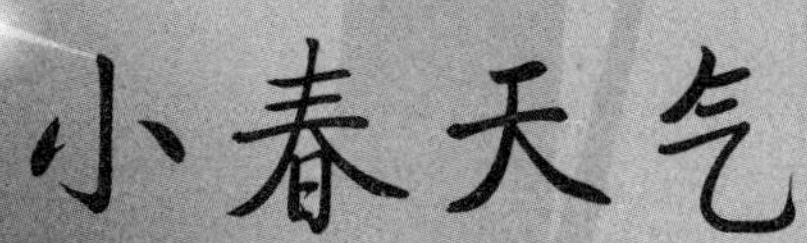

小春天气

导读：

郁达夫的散文语言俏丽活泼，富有生气，节奏感十足。本文描绘了黄昏的日落，夕阳接近山脊，远远望去，一片虚无缥缈；近处的芦花丛掩映出夕阳的金光，芦绒在光影里翻飞，像一幅夕阳西下的油画。句式长短不一、错落有致，又像一首优美的散文诗。色彩对比鲜明，动作捕捉到位，使文章充满了美感。然而郁达夫并没有欣赏美景的时候，忘乎所以，文中隐隐流露出来的还有淡淡的感伤情绪。

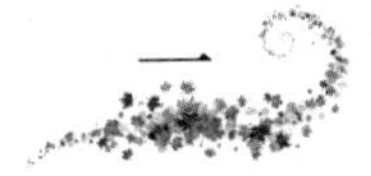

一

与笔砚疏远以后，好像是经过了不少时日的样子。我近来对于时间的观念，一点儿也没有了。总之案头堆着的从南边来的两三封问我何以老不写信的家信，可以作我久疏笔砚的明证。所以从头计算起来，大约从我发表的最后的一篇整个儿的文字到现在，总已有一年以上，而自我的右手五指，抛离纸笔以来，至少也得有两三个月的光景。以天地之悠悠，而来较量这一年或三个月的时间，大约总不过似骆驼身上的半截毫毛；但是由先天不足，后天亏损——这是我们中国医生常说的话，我这样的用在这里，请大家不要笑话我——的我说来，渺焉一身，寄住在这北风凉冷的皇城人海中间，受尽了种种欺凌侮辱，竟能安然无事的经过这么长的一段时间，却是一种摩西以后的最大奇迹。

回想起来这一年的岁月，实在是悠长得很呀！绵绵钟鼓初长的秋夜，我当众人睡尽的中宵，一个人在六尺方的卧房里踏来踏去，想想我的女人，想想我的朋友，想想我的暗淡的前途，曾经熏烧了多少支的短长烟卷？睡不着的时候，我一个人拿了蜡烛，幽脚幽手地跑上厨房去烧些风鸡糟鸭来下酒的事情，也不止三次五次。而由现在回顾当时，那时候初到北京后的这种不安焦躁的神情，却只似儿时的一场恶梦，相去好像已经有十几年的样子，你说这一年的岁月对我是长也不长？

这分外的觉得岁月悠长的事情，不仅是意识上的问题，实际上这一年来我的肉体精神两方面，都印上了这人家以为很短而在我却是很长的时间的烙印。去年十月在黄浦江头送我上船的几位可怜的朋友，若在今年此刻，和我相遇于途中，大约他们看见了我，总只是轻轻的送我一瞥，必定会仍复不改常态地向前走去。（虽则我的心里在私心默祷，使我遇见了他们，不要也不认识他们！）这一年的中间，我的衰老的气象，实在是太急速的侵袭到了，急速的，真真是很急速的。“白发三千丈”一流的夸张的比喻，我们暂且不去用它，就减之又减的打一个折扣来说罢，我在这一年中间，至少也的的确确的长了十岁年纪。牙齿也掉了，记忆力也消退了，对镜子剃削胡髭的早晨，每天都要很惊异地往后看一看，以为镜子里反映出来的，是别一个站在我后面的没有到四十岁的半老人。腰间的皮带，尽是一个窟窿一个窟窿的往里缩，后来现成的孔儿不够，却不得不重用钻子来新开，现在已经开到第二个了。最使我伤心的是当人家欺凌我侮辱我的时节，往日很容易起来的那一种愤激之情，现在怎么也鼓励不起来。非但如此，当我觉得受了最大的侮辱的时候，不晓从何处来的一种滑稽的感想，老要使我作会心的微笑。不消说年青时候的种种妄想，早已消磨得干干净净，现在我连自家的女人小孩的生存，和家中老母的健否等问题都想不起来；有时候上街去雇得着车，坐在车上，只想车夫走往向阳的地方去——因为我现在忽而怕起冷来了——慢一点儿走，好使我饱看些街上来往的行人，和组成现代的大同世界的形形色色。看倦了，走倦了，跑回家来，只想弄一点美味的东西吃吃，并且一边吃，一边还要想出如何能够使这些美味的东西吃下去不会饱胀的方法来，因为我的牙齿不好，消化不良，美味的东西，老怕不能一天到晚不间断的吃过去。

二

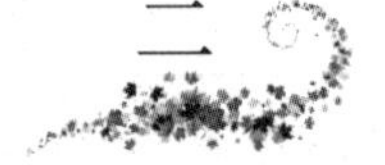

现在我们这里所享有的，是一年中间最好不过

的十月。江北江南，正是小春的时候。况且世界又是大同，东洋车，牛车，马车上，一闪一闪的在微风里飘荡的，都是些除五色旗外的世界各国的旗子，天色苍苍，又高又远，不但我们大家酣歌笑舞的声音，达不到天听，就是我们的哀号狂泣，也和耶和华的耳朵，隔着蓬山几千万叠。生逢这样的太平盛世，依理我也应该向长安的落日，遥进一杯祝颂南山的寿酒，但不晓怎么的，我自昨天以来，明镜似的心里，又忽而起了一层翳障。

仰起头来看看青天，空气澄清得怖人；各处散射在那里的阳光，又好像要对我说一句什么可怕的话，但是因为爱我怜我的缘故，不敢马上说出来的样子。脚底下铺着扫不尽的落叶，忽而索落索落的响了一声，待我低下头来，向发出声音来的地方望去，又看不出什么动静来了，这大约是我们庭后的那一棵槐树，又摆脱了一叶负担了罢。正是午前十点钟的光景，家里的人都出去了，我因为孤零丁一个人在屋里坐不住，所以才踱到院子里来的，然而在院子里站了一忽儿，也觉得没有什么意思，昨晚来的那一点小小的郁忧仍复笼罩在我的心上。

当半年前，每天只是忧郁的连续的时候，倒反而有一种余裕来享乐这一种忧郁，现在连快乐也享受不了的我的脆弱的身心，忽而沾染了这一层虽则是很淡很淡，但也好像是很深的隐忧，只觉得坐立都是不安。没有方法：我就把香烟连续地吸了好几支。是神明的摄理呢？还是我的星命的佳会，正在这无可奈何的时候，门铃儿响了。小朋友G君，背了水彩书具架进来说：

“达夫，我想去郊外写生，你也同我去郊外走走吧！”

G君年纪不满二十，是一位很活泼的青年画家，因为我也很喜欢看画，所以他老上我这里来和我讲些关于作画的事情。据他说，“今天天气太好，坐在家里，太对大自然不起，还是出去走走的好。”我换了衣服，一边和他走出门来，一边告诉门房“中饭不来吃，叫大家不要等我”的时候，心理所感得的喜悦，怎么也形容不出来。

三

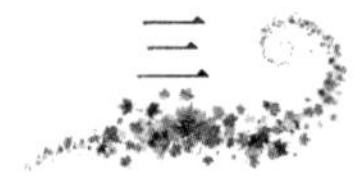

本来是没有一定目的地的我们，到了路上，自然而然地走向西去，出了平则门。阳光不问城里城外，一例的很丰富的洒在那里。城门附近的小摊儿上，在那里摊开花生米的小贩，大约是因为他穿着的那件宽大的夹袄的原因罢，觉得也反映着一味秋气。茶馆里的茶客，和路上来往的行人，在这样如煦的太阳光里，面上总脱不了一副贫陋的颜色；我看看这些人的样子，心里又有点不舒服起来，所以就叫G君避开城外的大街沿城折往北去。夏天常来的这城下长堤上，今天来往的大车特别得少。道旁的杨柳，颜色也变了，影子也疏了。城河里的浅水，依旧映着晴空，返射着日光，实际上和夏天并没有什么区别，但我觉得总有一种寂寥的感觉，浮在水面。抬头看看对岸，远近一排半凋的林木，纵横交错的列在空中。大地的颜色，也不似夏日的芜葱，地上的浅草都已枯尽，带起浅黄色来了。法国教堂的屋顶，也好像失了势力似的，在半凋的树林中孤立在那里。与夏天一样的，只有一排西山连瓦的峰峦。大约是今天空气格外澄鲜的缘故罢，这排明褐色的屏障，觉得是近得多了，的确比平时近得多了。此外弥漫在空际的，只有明蓝澄洁的空气，悠久广大的天空和饱满的阳光，和暖的阳光。隔岸堤上，忽而走出了两个着灰色制服的兵来。他们拖了两个斜短的影子，默默地在向南的行走。我见了他们，想起了前几天平则门外的抢劫的事情，所以就对G君说：

“我看这里太辽阔，取不下景来，我们还是进城去吧！上小馆子去吃了午饭再说。”

G君踏来踏去的看了一会，对我笑着说：“近来不晓怎么的，有一种莫名其妙的神秘的灵感，常常闪现在我的脑里。今天是不成了，没有带颜料和油画的家伙来。”他说着用手向远处教堂一指，同时又接着说：

“几时我想画画教堂里的宗教画看。”

“那好得很啊！”

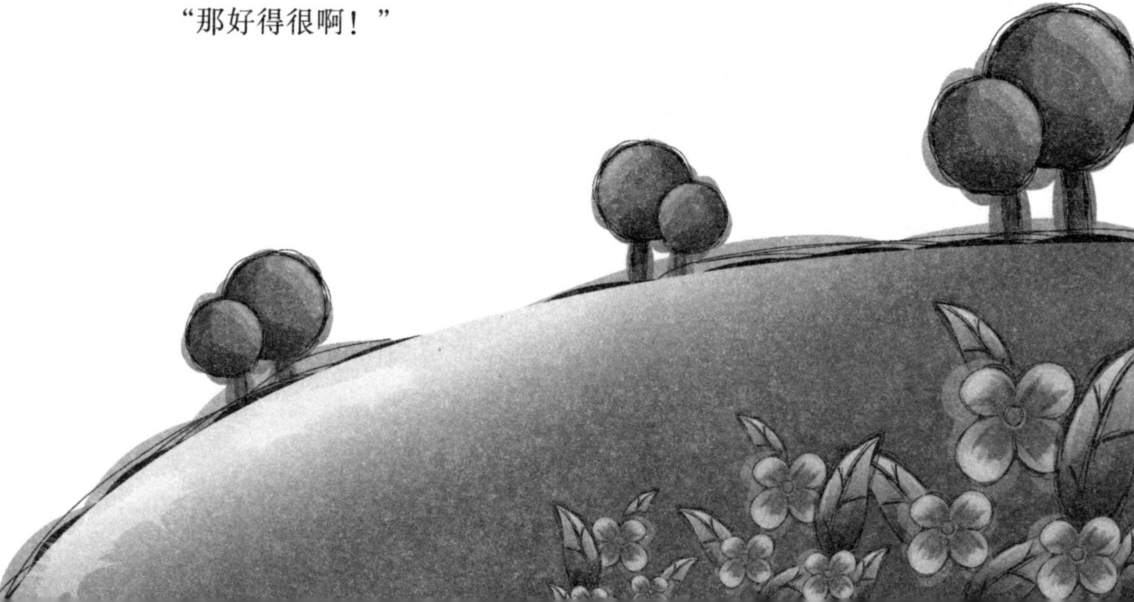

猫猫虎虎的这样回答了一句，我就转换方向，慢慢的走回到城里来了。落后了几步，他又背着画具，慢慢的跟我走来。

四

喝了两斤黄酒，吃得满满的一腹。我和G君坐洋车上，被拉往陶然亭去的时候，太阳已经打斜了。本来是有点醉意，又被午后的阳光一烘，我坐在车上，眼睛觉得渐渐的朦胧了起来。洋车走尽了粉房琉璃街，过了几处高低不平的新开地，走入南下洼旷野的时候，我向右边一望，只见几列鳞鳞的屋瓦，半隐半现的在两边一带的疏林里跳跃。天色依旧是苍苍无底，旷野里的杂粮也已割尽，四面望去，只是洪水似的午后的阳光，和远远躺在阳光里的矮小的坛殿城池。

我张了一张睡眼，向周围望了一圈，忽笑向G君说："秋气满天地，胡为君远行。这两句唐诗真有意思，要是今天是你去法国的日子，我在这里饯你的行，那么再比这两句诗适当的句子怕是没有了，哈哈……”

只喝了半小杯酒，脸上已涨得潮红的G君也笑着对我说：

“唐诗不是这样的两句，你记错了吧！”

两人在车上笑说着，洋车已经走入了陶然亭近旁的芦花丛里，一片灰白的毫芒，无风也自己在那里作浪。西边天际有几点青山隐隐，好像在那里笑着对我们点头。下车的时候，我觉得支持不住了，就对G君说：“我想上陶然亭去睡一觉你在这里画吧！现在总不过两点多钟，我睡醒了再来找你。”

五

陶然亭的听差来摇我醒来的时候，西窗上已经射满了红色的残阳。我洗了洗手脸，喝了二碗清茶，从东面的台阶上下来，看见陶然亭的黑影，已经越过了东边的道路，遮满了一大块道路东面的芦花水地。往北走去，只见前后左右，尽是茫茫一片的白色芦花。西北抱冰堂一角，扩张着阴影，西侧面的高处，满挂了夕阳的最后的余光，在那里催促农民的息作。穿过了香冢鹦鹉冢的土堆的东面，在一条浅水和墓地的中间，我远远认出了G君的侧面朝着斜阳的影子。从芦花铺满的野路上将走近G君背后的时候，我忽而气也吐不出来，向西边的瞪目呆住了。这样伟大的，这样迷人的落日的远景，我却从来没有看见过。太阳离山，大约不过盈尺的光景，点点的遥山，淡得比初春的嫩草，还要虚无缥缈。监狱里的一架高亭，突出在许多有谐调的树林的枝干高头。芦根的浅水，满浮着芦花的绒穗，也不像积绒，也不像银河。芦萍开处，忽映出一道细狭而金赤的阳光，高冲牛斗。同是在这返光里飞坠的几簇芦绒，半边是红，半边是白。我向西呆看了几分钟，又回头向东北三面环眺了几分钟，忽而把什么都忘掉了，连我自家的身体都忘掉了。

上前走了几步，在灰暗中我看见G君的两手，正在忙动，我叫了一声，G君头也不朝转来，很急促的对我说："你来，你来，来看我的杰作！"

我走近前去一看，他画架上，悬在那里，正在上色的，并不是夕阳，也不是芦花，画的中间，向右斜曲的，却是一条颜色很沉滞的大道。道旁是一处阴森的墓地，墓地的背后，有许多灰黑凋残的古木，横叉在空间。枯木林中，半弯下弦的残月，刚升起来，冷冷的月光，模糊隐约地照出了一只停在墓地树枝上的猫头鹰的半身。颜色虽则还没有上全，然而一道逼人的冷气，却从这幅未完的画面直向观者的脸上喷来，我簇紧了眉峰，对这画面静看了几分钟，抬起头来正想说话的时候，觉得太阳已经完全下山了，四面的薄暮的光景也比一刻前促迫了。尤其是使我惊恐的，是我抬起头来的时候，在我们的西北的墓地里，也有一个很淡很淡的黑影，动了一动。我默默地停了一会，惊心定后，再朝转头来看东边天上的时候，却见了一痕初五六的新月悬挂在空中。又停了一会，把惊恐之心，按捺了下去，我才慢慢地对G君说：

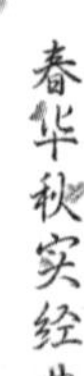

“这一张小画，的确是你的杰作，未完的杰作。太晚了，快快起来，我们走罢！我觉得冷得很。”我话没有讲完，又对他那张画看了一眼，打了一个冷噤，忽而觉得毛发都竦竖了起来；同时自昨天来在我胸中盘踞着的那种莫名其妙的忧郁，又笼罩上我的心来了。

G君含了满足的微笑，尽在那里闭了一只眼睛——这是他的脾气——细看他那未完的杰作。我催了他好几次，他才起来收拾画具。我们二人慢慢地走回家来的时候，他也好像倦了，不愿意讲话，我也为那种忧郁所侵袭，不想开口。两人默默地走到灯火荧荧的民房很多的地方，G君方开口问我说：

“这一张画的题目，我想叫《残秋的日暮》，你说好不好？”

“画上的表现，岂不是半夜的景象么？何以叫日暮呢？”

他听我这句话，又含了神秘的微笑说：

“这就是今天早晨我和你谈的神秘的灵感哟！我画的画，老喜欢依画画时候的情感节季来命题，画面和画题合不合，我是不管的。”

“那么，《残秋的日暮》也觉得太衰飒了，况且现在已经入了十月，十月小阳春，哪里是什么残秋呢？”

“那么我这张画就叫作《小春》吧！”

这时候我们已经走进了一条热闹的横街，两人各雇着洋车，分手回来的时候，上弦的新月，也已经起来得很高了。我一个人摇来摇去地被拉回家来，路上经过了许多无人来往的乌黑的僻巷。僻巷的空地道上，纵横倒在那里的，只是些房屋和电杆的黑影。从灯火辉煌的大街忽而转入这样僻静的地方的时候，谁也会发生一种奇怪的感觉出来，我在这初月微明的天盖下面苍茫四顾，也忽而好像是遇见了什么似的，心里的那一种莫名其妙的忧郁，更深起来了。

（一九二四年旧历十月初七日）

过富春江

导读：

郁达夫的文章中，不论是小说、散文，还是日记，每一个体裁中都不乏描写杭州的文字。本篇文章所写的便是杭州的水。富春江水系很早就是杭州、上海通向浙江内地、福建北部、安徽南部和江西东北部的重要水道。作者描写了江边景色的同时，还在结尾处抒发了自己的情感，“三分天下二分亡，四海何人吊国殇。偶向西台台畔过，苔痕犹似泪淋浪。”饱含对国民党政府软弱外交的斥责。

前两天增嘏和他的妹妹，以及英国军官晏子少校（Maj Edward Ainger）来杭州，我们于醉谈游步之余，还订下了一个上富春江去的计划。

这一位少校，实在有趣；在东方驻扎得久了，他非但生活习惯，都染了中国风，连他的容貌态度，也十足带着了中国气，他的身材本不十分高大，但背脊伛偻，同我们中国的中年人比较起来，向背后望去，简直是辨不出谁黄谁白；一般军人所特有的那一种挺胸突肚、傲岸的气象，在他身上，是丝毫也不具的。他的两脚又像日本人似的向外弓曲，立起正来，中间会露出一条小缝，这当然因为他是骑兵，在马背上过日子过得多的缘故。

他虽则会开飞机，开汽车，划船，骑马，但不会走路；所以他说，他不喜欢山，却喜欢水！在西湖里荡了两日舟，他问起近边更还有什么好的地方没有，我们就决定了再陪他上富春江去的计划，好在汽车是他自己会开，有半日的工夫，就可以往返的。

驶过六和塔下，走上江边一带波形的道上的时候，他果然喜欢极了，他说这地方有点像日本的濑户内海。江潮落了，江水绿得迷人；而那一天午后，又是淡云微日的暮秋天，在太阳底下走起路来，还要出一点潮汗。过了梵村，驰上四面是小山，满望是稻田的杭富交界的平原里，景象又变了一变，他说只有美国东部的乡村里，有这一种干草黄时的和平村景，他倒又想起在美国时候的事情来了。

由富阳站里，沿了新开的那条环城马路，把车开到了鹳山脚下，一步登天，爬上春江第一楼头眺望的时候，他才吃了一惊，说这山水真像是摩西的魔术。因为车由凌家桥转弯，跑在杭富道上，所见的只是些青山平谷，茅舍枫林；到得富阳，沿了那座弓也似的舒姑屏山脚，驶入站里，也只能看到些错落的人家，与一排人家南岸的高山；就是到了东城脚下，在很狭的新筑马路上走下车来的一刻，没有到过富阳的人，也决不会想到登山几步，就可以看见这一幅山重水复的黄子久的画图的。

我们在山头那株樟树下的石栏上坐了好久，增嘏并且还指着山下的一块汉高士严子陵先生垂钓处的石碑，将范文正公的祠堂记，以及上面七里泷边东台西台的故事，译给了这一位少校听。他听到了谢皋羽的西台恸哭的一幕，却兴奋起来了，说：“为什

么不拿这个故事来做一本戏剧？像席勒的《威廉退儿》一样，这地方倒也很可以起一座谢氏的祠堂。”

回来的时候，天色已经晚了；他一面开着车，眼睛呆呆看着远处，一边却幽幽的告诉我和增嘏说：“我若要选择第二个国籍的话，那我情愿来做个中国人。”

车过分境岭后，他跳下车来，去看了一番建筑在近边山上的碉堡；我留在车里，陪伴着一位小姐，一位太太，从车窗里看见了他的那个向前微俯的背影，以及两脚蹒跚在斜阳衰草的山道上的缓步，我却突然间想起了一篇哈代的短篇，题名叫作《忧郁的骑兵》的小说。联想一活动，并且又想起刚才在鹳山上所谈的那一段话来了，皱鼻一哼，就哼出了这样的二十八字：

三分天下二分亡，四海何人吊国殇。
偶向西台台畔过，苔痕犹似泪淋浪。

双十节近在目前，我想将这几句狗屁诗来应景，把它当作国庆日的哀词，倒也使得。

（一九三五年十月九日）

回忆鲁迅

导读：

郁达夫与鲁迅交情极好，对鲁迅非常推崇，曾说："鲁迅的小说，比之中国几千年来所有这方面的杰作，更高一步。至于他的随笔杂感，更提供了前不见于古人而后人又绝不能追随的风格。"鲁迅逝世后，他悲痛之余，没有立即写文章纪念。时隔两年之后，这篇《回忆鲁迅》让我们看到了他的悲痛，他的怀念，他眼中的鲁迅。鲁迅的伟大形象在国人心中已经根深蒂固，毋庸置疑。郁达夫在这里给我们呈现出了鲁迅生活中的一面，他也喜欢说说笑笑，偶尔幽默打趣，情感真挚。

序　言

鲁迅作故的时候，我正飘流在福建。那一天晚上，刚在南台一家饭馆里吃晚饭，同席的有一位日本的新闻记者，一见面就问我，鲁迅逝世的电报，接到了没有？我听了，虽则大吃了一惊，但总以为是同盟社造的谣。因为不久之前，我曾在上海会过他，我们还约好于秋天同去日本看红叶的。后来虽也听到他的病，但平时晓得他老有因为落夜而致伤风的习惯，所以，总觉得这消息是不可靠的误传。因为得了这一个消息之故。那一天晚上，不待终席我就走了。同时在那一夜里，福建报上，有一篇演讲稿子，也有改正的必要，所以从南台走回城里的时候，我就直上了报馆。

晚上十点钟以后，正是报馆里最忙的时候，我一到报馆，与一位负责的编辑，只讲了几句话，就有位专编国内时事的记者，拿了中央社的电稿，来给我看了；电文却与那一位日本记者所说的一样，说是“著作家鲁迅，于昨晚在沪病故”了。

我于惊愕之余，就在那一张破稿纸上，写了几句电文：“上海申报转许景宋女士：骤闻鲁迅噩耗，未敢置信，万请节哀，余事面谈。”第二天的早晨，我就踏上了三北公司的靖安轮船，奔回到了上海。

鲁迅的葬事，实在是中国文学史上空前的一座纪念碑，他的葬仪，也可以说是民众对日人的一种示威活动。工人，学生，妇女团体，以前鲁迅生前的知友亲戚，和读他的著作，受他的感化的不相识的男男女女，参加行列的，总有一万人以上。

当时中国各地的民众正在热叫着对日开战，上海的知识分子，尤其是孙夫人蔡先生等旧日自由大同盟的诸位先进，提倡得更加激烈，而鲁迅适当这一个时候去世了，他平时，也是主张对日抗战的，所以民众对于鲁迅的死，就拿来当作了一个非抗战不可的象征；换句话说，就是在把鲁迅的死，看作了日本侵略中国的具体事件之一。在这个时候，在这一种情绪下的全国民众，对鲁迅的哀悼之情，自然可以不言而喻了；所以当时全国所出的刊物，无论哪一种定期或不定期的印刷品上，都充满了哀吊鲁迅的文字。

但我却偏有一种爱冷不感热的特别脾气，以为鲁迅的崇拜者，友人，同事，既有了这许多追悼他的文字与著作，那我这一个渺乎其小的同时代者，正可以不必马上就去铺张些我与鲁迅的关系。在这一个闹热关头，我就是写十万百万字的哀悼鲁迅的文章，于鲁迅之大，原是不能再加上以毫末，而于我自己之小，反更足以多一个证明。因此，我只在《文学》月刊上，写了几句哀悼的话，此外就一字也不提，一直沉默到了现在。

现在哩！鲁迅的全集，已经出版了；而全国民众，正在一个绝大的危难底下抖擞。在这伟大的民族受难期间，大家似乎对鲁迅个人的伤悼情绪，减少了些了，我却想来利用余闲，写一点关于鲁迅的回忆。若有人因看了这回忆之故，而去多读一次鲁迅的集子，那就是我对于故人的报答，也就是我所以要写这些断片的本望。

廿七年八月十四日在汉寿

和鲁迅第一次的见面，不知是在哪一年哪一月哪一日，——我对于时日地点，以及人的姓名之类的记忆力，异常的薄弱，人非要遇见至五六次以上，才能将一个人的名氏和一个人的面貌连合起来，记在心里——但地方却记得是在北平西城的砖塔胡同一间坐南朝北的小四合房子里。因为记得那一天天气很阴沉，所以一定是在我去北平，入北京大学教书的那一年冬天，时间仿佛是在下午的三四点钟。若说起那一年的大事情来，却又有史可稽了，就是曹锟贿选成功，做大总统的那一个冬天。

去看鲁迅，也不知是为了什么事情。他住的那一间房子，我却记得很清楚，是在那两座砖塔的东北面，正当胡同正中的地方。一个三四丈宽的小院子，院子里长着三四棵枣树。大门朝北，而住屋——三间上房——却朝正南，是杭州人所说的倒骑龙式的房子。

那时候，鲁迅还在教育部里当佥事，同时也在北京大学里教小说史略。我们谈的话，已经记不起来了，但只记得谈了些北大的教员中间的闲话，和学生的习气之类。

他的脸色很青，胡子是那时候已经有了；衣服穿得很单薄，而身材又矮小，所以看起来像是一个和他的年龄不大相称的样子。

他的绍兴口音，比一般绍兴人所发的来得柔和，笑声非常之清脆，而笑时眼角上的几条小皱纹，却很是可爱。

房间里的陈设，简单得很；散置在桌上。书橱上的书籍，也并不多，但却十分的整洁。桌上没有洋墨水和钢笔，只有一方砚瓦，上面盖着一个红木的盖子。笔筒是没有的，水池却像一个小古董，大约是从头发胡同的小市上买来的无疑。

他送我出门的时候，天色已经晚了，北风吹得很大；门口临别的时候，他不晓说了一句什么笑话，我记得一个人在走回寓舍来的路上，因回忆着他的那一句，满面还带着了笑容。

同一个来访我的学生，谈起了鲁迅。他说：“鲁迅虽在冬天，也不穿棉裤，是抑制性欲的意思。他和他的旧式的夫人是不要好的。”因此，我就想起了那天去访问他时，来开门的那一位清秀的中年妇人。她人亦矮小，缠足梳头，完全是一个典型的绍兴太太。

前数年，鲁迅在上海，我和映霞去北戴河避暑回到了北平的时候，映霞曾因好奇之故，硬逼我上鲁迅自己造的那一所西城象鼻胡同后面西三条的小房子里，去看过这中年的妇人。她现在还和鲁迅的老母住在那里，但不知她们在强暴的邻人管制下的生活也过得惯不。

那时候，我住在阜城门内巡捕厅胡同的老宅里。时常来往的，是住在东城禄米仓的张凤举，徐耀辰两位，以及沈尹默，沈兼士，沈士远的三昆仲；不时也常和周作人氏，钱玄同氏，胡适之氏，马幼渔氏等相遇，或在北大的休息室里，或在公共宴会的席上。这些同事们，都是鲁迅的崇拜者，而对于鲁迅的古怪脾气，都当作一件似乎是历史上的轶事在谈论。

在我与鲁迅相见不久之后，周氏兄弟反目的消息，从禄米仓的张、徐二位那里听到了，原因很复杂，而旁人终于也不明白是究竟为了什么。但终鲁迅的一生，他与周作人氏，竟没有和解的机会。

本来，鲁迅和周作人氏哥儿俩，是住在八道湾的那一所大房子里的。这一所大房子，系鲁迅在几年前，将他们绍兴的祖屋卖了，与周作人在八道湾买的；买了之后，加以修葺，他们兄弟和老太太就统在那里住了。俄国的那位盲诗人爱罗先珂寄住的，也就是这一所八道湾的房子。

后来，鲁迅和周作人氏闹了，所以他就搬了出来。所住的，大约就是砖塔胡同的那一间小四合了。所以，我见到他的时候，正在他们的口角之后不久的期间。

据凤举他们的判断，以为他们弟兄间的不睦，完全是两人的误解。周作人氏的那位日本夫人，甚至说鲁迅对她有失敬之处。但鲁迅有时候对我说："我对启明，总老规劝他的，教他用钱应该节省一点，我们不得不想想将来，但他对于经济，总是进一个花一个的，尤其是他那位夫人。"从这些地方，会合起来，大约他们反目的真因，也可以猜度到一二成了。不过凡是认识鲁迅，认识启明及他的夫人的人，都晓得他们三个人，完全是好人；鲁迅虽则也痛骂过正人君子，但据我所知的他们三人来说，则只有他们才是真正君子。现在颇有些人，说周作人已作了汉奸，但我却始终仍是怀疑。所以，全国文艺作者协会致周作人的那一封公开信，最后的决定，也是由我改削过的；我总以为周作人先生，与那些甘心卖国的人，是不能作一样的看法的。

这时候的教育部，薪水只发到二成三成，公事是大家不办的，所以，鲁迅很有工夫教书，编讲义，写文章。他的短文，大抵是由孙伏园氏拿去，在《晨报副刊》上发表；教书是除北大外，还兼任着师大。

有一次，在鲁迅那里闲坐，接到了一个来催开会的通知，我问他忙么？他说，忙倒也不忙，但是同唱戏的一样，每天总得到处去扮一扮。上讲台的时候，就得扮教授，到教育部去，也非得扮官不可。

他说虽则这样的说，但做到无论什么事情时，却总肯负完全的责任。

至于说到唱戏呢，在北平虽则住了那么久，可是他终于没有爱听京戏的癖性。他对于唱戏听戏的经验，始终只限于绍兴的社戏，高腔，乱弹，目连戏等，最多也只听到了徽班。阿Q所唱的那句“手执钢鞭将你打”，就是乱弹班《龙虎斗》里的句子，是赵玄坛唱的。

对于目连戏，他却有特别的嗜好，他有好几次同我说，这戏里的穿插，实在有许许多多的幽默味。他曾经举出不少的实例，说到一个借了鞋袜靴子去赴宴会的人，到了人来向他索还，只剩大衫在身上的时候，这一位老兄就装作肚皮痛，以两手按着腹部，口叫着我肚皮痛杀哉，将身体伏矮了些，于是长衫就盖到了脚部以遮掩过去的一段，他还照样的做出来给我们看过。说这一段话时，我记得《月夜》的著者，川岛兄也在座上，我们曾经大笑过的。

后来在上海，我有一次谈到了予倩、田汉诸君想改良京剧，来作宣传的话，他根本就不赞成，并且很幽默的说，以京剧来宣传救国，那就是“我们救国啊啊啊啊了，这行么？”。

孙伏园氏在晨报社，为了鲁迅的一篇挖苦人的恋爱的诗，与刘勉已氏闹反了。鲁迅的学生李小峰就与伏园联合起来，出了《语丝》。投稿者除上述的诸位之外，还有林语堂氏，在国外的刘半农氏，以及徐旭生氏等。但是周氏兄弟，却是《语丝》的中心。而每次语丝社中人叙会吃饭的时候，鲁迅总不出席，因为不愿与周作人氏遇到的缘故。因此，在这一两年中，鲁迅在社交界，始终没有露一露脸。无论什么人请客，他总不肯出席；他自己哩，除了和一二人去小吃之外，也绝对的不大规模（或正式）的请客。这脾气，直到他去厦门大学以后，才稍稍改变了些。

鲁迅的对于后进的提拔，可以说是无微不至。《语丝》发刊以后，有些新人的稿子，差不多都是鲁迅推荐的。他对于高长虹他们的一集团，对于沉钟社的几位，对于未名社的诸子，都一例地在为说项。就是对于沈从文氏，虽则已有人在孙伏园去后的《晨报副刊》上在替吹嘘了，他也时时提到，唯恐诸编辑的埋没了他。还有当时在北大念书的王品青氏，也是他所嘱望的青年之一。

鲁迅和景宋女士（许广平）的认识，是当他在北京（那时北平还叫作北京）女师大教书的中间，前后经过，《两地书》里已经记载得很详细，此地可以不必说。但他和许女士的进一步的接

近，是在“三一八”惨案之前，章士钊做教育部长，使刘百昭去用了老妈子军以暴力解散女师大的时候。

鲁迅是向来喜欢打抱不平的，看了章士钊的横行不法，又兼自己还是这学校的讲师，所以当教育部下令解散女师大的时候，他就和许季弗，沈兼士，马幼渔等一道起来反对。当时的鲁迅，还是教育部的佥事，故而部长的章士钊也就下令将他撤职。为此，他一面向平政院控告章士钊，提起行政诉讼，一面就在《语丝》上攻击《现代评论》的为虎作伥，尤以对陈源（通伯）教授为最烈。

《现代评论》的一批干部，都是英国留学生；而其中像周鲠生，皮宗石，王世杰等，却是两湖人。他们和章士钊，在同到过英国的一点上，在同是湖南人的一点上，都不得不帮教育部的忙。鲁迅因而攻击绅士态度，攻击《现代评论》的受贿赂，这一时候他的杂文，怕是他一生之中，最含热意的妙笔。在这一个压迫和反抗，正义和暴力的争斗之中，他与许女士便有了更进一步的认识机会。

在这前后，我和他见面的次数并不多，因为我已经离开了北平，上武昌师范大学文科去教书了，可是这一年（民十三）暑假回北京，看见他的时候，他正在做控告章士钊的状子，而女师大为校长杨荫榆的问题，也正是闹得最厉害的期间。当他告诉我完了这事情的经过之后，他仍旧不改他的幽默态度说：

“人家说我在打落水狗，但我却以为在打枪伤老虎，在扮演周处或武松。”

这句话真说得我高笑了起来。可是他和景宋女士的认识，以及有什么来往，我却还一点儿也不曾晓得。

直到两年之后，他因和林文庆博士闹意见，从厦门大学回上海的那一年暑假，我上旅馆去看他，谈到了中午，就约他及景宋女士与在座的许钦文去吃饭。在吃完饭后，茶房端上咖啡来时，鲁迅却很热情地向正在搅咖啡杯的许女士看了一眼，又用诫告亲属似的热情的口气，对许女士说：

“密丝许，你胃不行，咖啡还是不吃的好，吃些生果罢！”

在这一个极微细的告诫里，我才第一次看出了他和许女士中间的爱情。

从此之后，鲁迅就在上海住下了，是在闸北去窦乐安路不远的景云里内一所三楼朝南的洋式弄堂房子里。他住二层的前楼，许女士是住在三楼的。他们两人间的关系，外人还是一点儿也没有晓得。

有一次，林语堂——当时他住在愚园路，和我静安寺路的寓居很近——和我去看鲁迅，谈了半天出来，林语堂忽然问我：

“鲁迅和许女士，究竟是怎么回事，有没有什么关系的？”

我只笑着摇摇头，回问他说：

“你和他们在厦大同过这么久的事，难道还不晓得么？我可真看不出什么来。”

说起林语堂，实在是一位天性纯厚的真正英美式的绅士，他决不疑心人有意说出的不关紧要的谎。我只举一个例出来，就可以看出他的本性。当他在美国向他的夫人求爱的时候，他第一次捧呈了她一册克莱克夫人著的小说《模范绅士约翰哈里法克斯》；但第二次他忘记了，又捧呈了她以这册受批《JohnHalifax Gentleman》。这是林夫人亲口对我说的话，当然是不会错的。从这一点上看来，就可以看出语堂真是如何地忠厚老实的一位模范绅士。他的提倡幽默，挖苦绅士态度，我们都在说，这些都是从他的Inferiority Gomplex（不及错觉）心理出发的。

语堂自从那一回经我说过鲁迅和许女士中间大约并没有什么关系之后，一直到海婴（鲁迅的儿子）将要生下来的时候，才兹恍然大悟。我对他说破了，他满脸泛着好好先生的微笑说：

“你这个人真坏！”

鲁迅的烟瘾，一向是很大的；在北京的时候，他吸的，总是哈德门牌的拾支装包。当他在人前吸烟的时候，他总探手进他那件灰布棉袄的袋里去摸出一支来吸；他似乎不喜欢将烟包先拿出

来，然后再从烟包里抽出一支，而再将烟包塞回袋里去。他这脾气，一直到了上海，仍没有改过，不晓是为了怕麻烦的原因呢，抑或为了怕人家看见他所吸的烟，是什么牌。

他对于烟酒等刺激品，一向是不十分讲究的；对于酒，也是同烟一样。他的量虽则并不大，但却老爱喝一点。在北平的时候，我曾和他在东安市场的一家小羊肉铺里喝过白干；到了上海之后，所喝的，大抵是黄酒了。但五加皮，白玫瑰，他也喝，啤酒，白兰地他也喝，不过总喝得不多。

爱护他，关心他的健康无微不至的景宋女士，有一次问我，“周先生平常喜欢喝一点酒，还是给他喝什么酒好。”我当然答以黄酒第一。但景宋女士却说，他喝黄酒时，老要量喝得很多，所以近来她在给他喝五加皮。并且说，因为五加皮酒性太烈，她所以老把瓶塞在平时拔开，好教消散一点酒气，变得淡些。

在这些地方，本可看出景宋女士的一心为鲁迅牺牲的伟大精神来；仔细一想，真要教人感激得下眼泪的，但我当时却笑了，笑她的太没有对于酒的知识。当然她原也晓得酒精成分多少的科学常识，可是爱人爱得过分时，常识也往往会被热挚

的真情，掩蔽下去。我于讲完了量与质的问题，讲完了酒精成分的比较问题之后，就劝她，以后，顶好是给周先生以好的陈黄酒喝，否则，还是喝啤酒。

这一段谈话过后不久，忽而有一天，鲁迅送了我两瓶十多年陈的绍兴黄酒，说是一位绍兴同乡，带出来送他的。我这才放了心，相信以后他总不再喝五加皮等烈酒了。

我的记忆力很差，尤其是对于时日及名姓等的记忆。有些朋友，当见面时却混得很熟，但竟有一年半载以上，不晓得他的名姓的；因为混熟了，又不好再请教尊姓大名的缘故。像这一种习惯，我想一般人也许都有，可是，在我觉得特别的厉害。而鲁迅呢，却很奇怪，他对于遇见过一次，或和他在文字上有点纠葛过的人，都记得很详细，很永固。

所以，我在前段说起过的，鲁迅到上海的时日，照理应该在十八年的春夏之交；因为他于离开厦门大学之后，是曾上广州中山大学去住过一年的；他的重回上海，是在因和顾颉刚起了冲突，脱离中山大学之后；并且因恐受当局的压迫拘捕，其后亦曾在广州闲住了半年以上的时间。

他对于辞去中山大学教职之后，在广州闲住的半年那一节事情，也解释得非常有趣。他说：

“在这半年中，我譬如是一只雄鸡，在和对方呆斗。这呆斗的方式，并不是两边就咬起来，却是振冠击羽，保持着一段相当距离的对视。因为对方的假君子，背后是有政治力量的，你若一经示弱，对方就会用无论哪一种卑鄙的手段，来加你以压迫。

“因而有一次，大学里来请我讲演，伪君子正在庆幸机会到了，可以罗织成罪我的证据。但我却不忙不迫的讲了些魏晋人的风度之类，而对于时局和政治，一个字也不曾提起。”

在广州闲住了半年之后，对方的注意力有点松懈了，就是对方的雄鸡，坚忍力有点不能支持了；他就迅速地整理行囊，乘其不备，而离开了广州。

人虽则离开了，但对于代表恶势力而和他反对的人，他却始终不会忘记。所以，他的文章里，无论在哪一篇，只教用得上去的话，他总不肯放松一着，老会把这代表恶势力的敌人押解出来示众。

对于这一点，我也曾再三的劝他过，劝他不要上当。因为有许多无理取闹，来攻击他的人，都想利用了他来成名。实际上，这一个文坛登龙术，是屡试屡验的法门；过去曾经有不少的青年，围攻击鲁迅而成了名的。但他的解释，却很彻底。他说：

“他们的目的，我当然明了。但我的反攻，却有两种意思。第一，是正可以因此而成全了他们；第二，是也因为他们，而真理念得阐明。他们的成名，是焰火似的一时的现象，但真理却是永久的。”

他在上海住下之后，这些攻击他的青年，愈来愈多了。最初，是高长虹等，其次是太阳社的钱杏屯等，后来则有创造社的叶灵凤等。他对于这些人的攻击，都三倍四倍地给予了反攻，他的杂文的光辉，也正因了这些不断的搏斗而增加了熟练与光辉。他的《全集》的十分之六七，是这种搏斗的火花，成绩俱在，在这里可以不必再说。

此外还有些并不对他攻击，而亦受了他的笔伐的人，如张若谷，曾今可等；他对于他们，在酒兴浓溢的时候，老笑着对我说：

“我对他们也并没有什么仇。但因为他们是代表恶势力的缘故，所以我就做了堂·克蓄德，而他们却做了活的风车。”

关于堂·克蓄德这一名词，也是钱杏屯他们奉赠给他的。

他对这名词并不嫌恶，反而是很喜欢的样子。同样在有一时候，叶灵凤引用了苏俄讥高尔基的话来骂他，说他是“阴阳面的老人”，他也时常笑着说：“他们比得我太大了，我只恐怕承当不起。”

创造社和鲁迅的纠葛，系开始在成仿吾的一篇批评，后来一直地继续到了创造社的被封时为止。

鲁迅对创造社，虽则也时常有讥讽的言语，散发在各杂文里；但根底却并没有恶感。他到广州去之先，就有意和我们结成一条战线，来和反动势力拮抗的；这一段经过，恐怕只有我和鲁迅及景宋女士三人知道。

至于我个人与鲁迅的交谊呢，一则因系同乡，二则因所处的时代，所看的书，和所与交游的友人，都是同一类属的缘故，始终没有和他发生过冲突。

后来，创造社因被王独清挑拨离间，分成了派别，我因一时感情作用，和创造社脱离了关系，在当时，一批幼稚病的创造社同志，都受了王独清等的煽动，与太阳社联合起来攻击鲁迅，但我却始终以为他们的行动是越出了常轨，所以才和他计划出了《奔流》这一个杂志。

《奔流》的出版，并不是

想和他们对抗，用意是在想介绍些真正的革命文艺的理论和作品，把那些犯幼稚病的左倾青年，稍稍纠正一点过来。

当编《奔流》的这一段时期，我以为是鲁迅的一生之中，对中国文艺影响最大约一个转变时期。

在这一年当中，鲁迅的介绍左翼文艺的正确理论的一步工作，才开始立下了系统。而他的后半生的工作的纲领，差不多全是在这一个时期里定下来的。

当时在上海负责在做秘密工作的几位同志，大抵都是在我静安寺路的寓居里进出的人；左翼作家联盟，和鲁迅的结合，实际上是我做的媒介。不过，左联成立之后，我却并不愿意参加，原因是因为我的个性是不适合于这些工作的，我对于我自己，认识得很清，决不愿担负一个空名，而不去做实际的事务；所以，左联成立之后，我就在一月之内，对他们公然的宣布了辞职。

但是暗中站在超然的地位，为左联及各工作者的帮忙，也着实不少。除来不及营救，已被他们杀死的许多青年不计外，在龙华，在租界捕房被拘去的许多作家，或则减刑，或则拒绝引渡，或则当时释放等案件，我现在还记得起来的，当不止十件八件的少数。

鲁迅的热心于提拔青年的一件事情，是大家在说的。但他的因此而受痛苦之深刻，却外边很少有人知道。像有些先受他的提拔，而后来却用攻击的方法以成自己的名的事情，还是彰明显著的事实，而另外还有些“挑了一担同情来到鲁迅那里，强迫他出很高的代价”的故事，外边的人，却大抵都不晓得了。在这里，我只举一个例：

在广州的时候，有一位青年的学生，因平时被鲁迅所感化而跟他到了上海。到了上海之后，鲁迅当然也收留他一道住在景云里那一所三层楼的弄堂房子里。但这一位青年，误解了鲁迅的意思，以为他没有儿子——当时海婴还没有生——所以收留自己和他住下，大约总是想把自己当作他的儿子的意思。后来，他又去找了一位女朋友来同住，意思是为鲁迅当儿媳妇的。可是，两人坐食在鲁迅的家里，零用衣饰之类。鲁迅当然是供给不了的；于是这一位自定的鲁迅的子嗣，就发生了很大的不满，要求鲁迅，一定要为他谋一出路。

鲁迅没法子，就来找我，教我为这青年去谋一职业，如报馆

校对，书局伙计之类；假使是真的找不到职业，那么亦必须请一家书店或报馆在名义上用他做事，而每月的薪水三四十元，当由鲁迅自己拿出，由我转交给这书局或报馆，作为月薪来发给。

这事我向当时的现代书局说了，已经说定是每月由书局和鲁迅各拿出一半的钱来，使用这一位青年。但正当说好的时候，这一位青年却和爱人脱离了鲁迅而走了。

这一件事情，我记得章锡琛曾在鲁迅去世的时候写过一段短短的文章；但事实却很复杂，使鲁迅为难了好几个月。从这一回事情之后，鲁迅就爱说“青年是挑了一担同情来的”趣话。不过这仅仅是一例，此外，因同情青年的遭遇，而使他受到痛苦的事实还正多着哩！

民国十八年以后，因国共分家的结果，有许多青年，以及正义的斗士，都无故而被牺牲了。此外，还有许多从事革命运动的青年，在南京，上海，以及长江流域的通都大邑里，被捕的，正不知有多少。在上海专为这些革命志士以及失业工人等救济而设的一个团体，是共济会。但这时候，这救济会已经遭了当局之忌，不能公开工作了；所以弄成请了律师，也不能公然出庭，有了店铺作保，也不能去向法庭请求保释的局面。在这时候，带有国际性的民权保障自由大同盟，才在孙夫人（宋庆龄女士）蔡先生（孑民）等的领导下，在上海成立了起来。鲁迅和我，都是这自由大同盟的发起人，后来也连做了几任的干部，一直到南京的通缉令下来，杨杏佛被暗杀的时候为止。

在这自由大同盟活动的期间，对于平常的集会，总不出席的鲁迅，却于每次开会时一定先期而到；并且对于事务是一向不善处置的鲁迅，将分派给他的事务，也总办得井井有条。从这里，我们又可以看出，鲁迅不仅是一个只会舞文弄墨的空头文学家，对于实务，他原是也具有实际干才的。说到了实务，我又不得不想起我们合编的那一个杂志《奔流》——名义上，虽则是我和他合编的刊物，但关于校对，集稿，算发稿费等琐碎的事务，完全是鲁迅一个人效的劳。

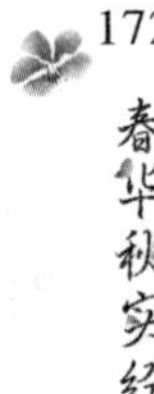

他的做事务的精神，也可以从他的整理书斋，和校阅原稿等小事件上看得出来。一般和我们在同时做文字工作的人，在我所认识的中间，大抵十个有九个都是把书斋弄得乱杂无章的。而鲁迅的书斋，却在无论什么时候，都整理得必清必楚。他的校对的稿子，以及他自已的文章，涂改当然是不免，但总缮写得非常的清楚。

直到海婴长大了，有时候老要跑到他的书斋里去翻弄他的书本杂志之类；当这样的时候，我总看见他含着苦笑，对海婴说，“你这小捣乱看好了没有”；海婴含笑走了的时候，他总是一边谈着笑话，一边先把那些搅得零乱的书本子堆叠得好好，然后再来谈天。

记得有一次，海婴已经会说话的时候了，我到他的书斋去的前一刻，海婴正在那里捣乱，翻看书里的插画。我去的时候，书本子还没有理好。鲁迅一见着我，就大笑着说：“海婴这小捣乱，他问我几时死，他的意思是我死了之后，这些书本都应该归他的。”

鲁迅的开怀大笑，我记得要以这一次为最兴高采烈。听这话的我，一边虽也在高笑，但暗地里一想到了“死”这一个定命，心里总不免有点难过。尤其是像鲁迅这样的人，我平时总不会把死和他联合起来想在一道。就是他自己，以及在旁边也在高笑的景宋女士，在当时当然也对于死这一个观念的极微细的实感都没有的。

这事情，大约是在他去世之前的两三年的时候；到了他死之后，在万国殡仪馆成殓出殡的

上午，我一面看到了他的遗容，一面又看见海婴仍是若无其事地在人前穿了小小的丧服在那里快快乐乐地跑，我的心真有点儿绞得难耐。

鲁迅的著作的出版者，谁也知道是北新书局。北新书局的创始人李小峰，本是北大鲁迅的学生；因为孙伏园从《晨报副刊》出来之后，和鲁迅，启明，语堂等，开始经营《语丝》之发行，当时还没有毕业的李小峰，就做了《语丝》的发行兼管理印刷的出版业者。

北新书局从北平分到上海，大事扩张的时候，所靠的也是鲁迅的几本著作。

后来一年一年的过去，鲁迅的著作也一年一年地多起来了，北新和鲁迅之间的版税交涉，当年成了一个很大的问题。

北新对著作者，平时总只含混地说，每月致送几百元版税，到了三节，便开一清单来报账的。但一则他的每月致送的款项，老要拖欠，再则所报之账，往往不十分清爽。

后来，北新对鲁迅及其他的著作人，简直连月款也不提，节账也不算了。靠版税在上海维持生活的鲁迅，一时当然也破除了情面，请律师和北新提起了清算版税的诉讼。

照北新开给鲁迅的旧账单等来计算，在鲁迅去世的前六七年，早该积欠有两三万元了。这诉讼，当然是鲁迅的胜利，因为欠债还钱，是古今中外一定不易的自然法律。北新看到了这一点，就四出的托人向鲁迅讲情，要请他不必提起诉讼，大家设法谈判。

当时我在杭州小住，打算把一部不曾写了的《蜃楼》写它完来。但住不上几天，北新就有电报来了，催我速回上海，为这事尽一点力。

后来经过几次的交涉，鲁迅答应把诉讼暂时不提，而北新亦愿意按月摊还积欠两万余元。分十个月还了；新欠则每月致送四百元，决不食言。

这一场事情，总算是这样的解决了；但在事情解决，北新请大家吃饭的那一天晚上，鲁迅和林语堂两人，却因误解而起了正面的冲突。

冲突的原因，是在一个不在场的第三者，也是鲁迅的学生，当时也在经营出版事业的某君。北新方面，满以为这一次鲁迅的提起诉讼，完全系出于这同行第三者的挑拨。而忠厚诚实的林语堂，于席间偶尔提起了这一个人的名字。

鲁迅那时，大约也有了一点酒意，一半也疑心语堂在责备这第三者的话，是对鲁迅的讽刺；所以脸色发青，从座位里站了起来，大声的说：

“我要声明！我要声明！”

他的声明，大约是声明并非由这第三者的某君挑拨的。语堂当然也要声辩他所讲的话，并非是对鲁迅的讽刺；两人针锋相对，形势其弄得非常的险恶。

在这席间，当然只有我起来做和事佬：一面按住鲁迅坐下，一面我就拉了语堂和他的夫人，走下了楼。

这事当然是两方的误解。后来鲁迅原也明白了；他和语堂之间，是有过一次和解的。可是到了他去世之前年，又因为劝语堂多翻译一点西洋古典文学到中国来，而语堂说这是老年人做的工作之故，而各起了反感。但这当然也是误解，当鲁迅去世的消息传到当时寄居在美国的语堂耳里的时候，语堂是曾有极悲痛的唁电发来的。

鲁迅住的景云里那一所房子，是在北四川路尽头的西面，去虹口花园很近的地方。因而去狄思威路北的内山书店亦只有几百步路。

书店主人内山完造，在中国先则卖药，后则经营贩卖书籍，前后总已有了二十几年的历史。他生活很简单，懂得生意经，并且也染上了中国人的习气，喜欢讲交情。因此，我们这一批在日本住久的人在上海，总老喜欢到他店里去坐坐谈谈；鲁迅于在上海住下之后，也就是这内山书店的常客之一。

“一·二八”沪战发生，鲁迅住的那一个地方，去天通庵只有一箭之路，交战的第二日，我们就在担心着鲁迅一家的安危。

到了第三日，并且谣言更多了，说和鲁迅同住的他的三弟乔峰（周建人）被宪兵殴伤了，但就在这一个下午，我却在四川路桥南，内山书店的一家分店的楼上，会到了鲁迅。

他那时也听到了这谣传了，并且还在报上看见了我寻他和其他几位住在北四川路的友人的启事。他在这兵荒马乱之间，也依然不消失他那种幽默的微笑；讲到乔峰被殴伤的那一段谣言的时候，还加上了许多我们所不曾听见过的新鲜资料，证明一般空闲人的喜欢造谣生事，乐祸幸灾。

在这中间，我们就开始了向全世界文化人呼吁，出刊物公布狞恶侵略者面目的工作，鲁迅当然也是签名者之一；他的实际参加联合抗敌的行动，和一班左翼作家的接近，实际上是从这一个时期开始的。

“一·二八”战事过后，他从景云里搬了出来，住在内山书店斜对面的一家大厦的三层楼上；租金比较得贵，生活方式也比较得奢侈，因而一般平时要想寻出一点弱点来攻击他的人，就又像是发掘得了至宝。

但他在那里住得也并不久，到了南京的秘密通缉

令下来，上海的反动空气很浓厚的时候，他却搬上了内山书店的北面，新造好的大陆新村（四达里对面）的六十几号房屋去住了。在这里，一直住到了他去世的时候为止。

南京的秘密通缉令，列名者共有六十几个，多半是与民权保障自由大同盟有关的文化人。而这通缉令呈请者，却是在杭州的浙江省党部的诸先生。

说起杭州，鲁迅绝端的厌恶；这通缉案的呈请者们，原是使他厌恶的原因之一，而对于山水的爱好，别有见解，也是他厌恶杭州的一个原因。有一年夏天，他曾同许钦文到杭州去玩过一次；但因湖上的闷热，蚊子的众多，饮水的不洁等关系，他在旅馆里一晚没有睡觉，第二天就逃回到上海来了。自从这一回之后，他每听见人提起杭州，就要摇头。

后来，我搬到杭州去住的时候，他曾写过一首诗送我，头一句就是“钱王登遐仍如在”；这诗的意思，他曾同我说过，指的是杭州党政诸人的无理的高压。他从五代时的记录里，曾看到过钱武肃王的时候，浙江老百姓被压榨得连裤子都没有得穿，不得不以砖瓦来遮盖下体。这事不知是出在哪一部书里，我到现在也还没有查到，但他的那句诗的原意，却就系指此而言。我因不听他的忠告，终于搬到杭州去住了，结果竟不出他之所料，被一位党部的先生，弄得家破人亡；这一位吃党饭出身，积私财至数百万，曾经呈请南京中央党部通缉过我们的先生，对我竟做出了比邻人对待我们老百姓还更凶恶的事情，而且还是在这一次的抗战军兴之后。我现在虽则已远离祖国，再也受不到他的奸淫残害的毒爪了；但现在仍还在执掌以礼义廉耻为信条的教育大权的这一位先生，听说近来因天高皇帝远，浑水好捞鱼之故，更加加重了他对老百姓的这一种远溢过钱武肃王的德政。

鲁迅不但对于杭州没有好感，就是对他出身地的绍兴，也似乎并没有什么依依不舍的怀恋。这可从有一次他的谈话里看得出来。是他在上海住下不久的时候，有一回我们谈起了前两天刚见过面的孙伏园。他问我伏园住在哪里，我说，他已经回绍兴去了，大约总不久就会出来的。鲁迅言下就笑着说：

“伏园的回绍兴，实在也很可观！”

他的意思，当然是绍兴又凭什么值得这样的频频回去？

所以从他到上海之后，一直到他去世的时候为止，他只匆匆地上杭州去住了一夜，而绝没有回去过绍兴一次。

预言者每不为其故国所容，我于鲁迅更觉得这一句格言的确凿。各地党部的对待鲁迅，自从浙江党部发动了那大弹劾案之后，似乎态度都是一致的。抗战前一年的冬天，我路过厦门，当时有许多厦大同学曾来看我，谈后就说到了厦大门前，经过南普陀的那一条大道，他们想呈请市政府改名“鲁迅路”以资纪念。并且说，这事已经由鲁迅纪念会（主其事的是厦门《星光日报》社长胡资周及记者们与厦大学生代表等人）呈请过好几次了，但都被搁置着不批下来。我因为和当时的厦门市长及工务局长等都是朋友，所以就答应他们说这事一定可以办到。但后来去市长那里一查问，才知道又是党部在那里反对，绝对不准人们纪念鲁迅。这事情，后来我又同陈主席说了，陈主席当然是表示赞成的。可是，这事还没有办理完成，而抗战军兴，现在并且连厦门这一块土地，也已经沦陷了一年多了。

自从我搬到杭州去住下之后，和他见面的机会，就少了下去，但每一次当我上上海去的中间，无论如何忙，我总抽出一点时间来去和他谈谈，或和他吃一次饭。

而上海的各书店，杂志编辑者，报馆之类，要想拉鲁迅的稿子的时候，也总是要我到上海去和鲁迅交涉的回数多。譬如，黎烈文初编《自由谈》的时候，我就和鲁迅说，我们一定要维持他，因为在中国最老不过的《申报》，也晓得要用新文学了，就是新文学的胜利。所以，鲁迅当时也很起劲，《伪自由书》，《花边文学》集里许多短稿，就是这时候的作品。在起初，他的稿子就是由我转交的。

此外，像良友书店，天马书店，以及“生活”出的《大学》杂志之类，对鲁迅的稿件，开头大抵都是由我为他们拉拢的。尤其是当鲁迅对编辑者们发脾气的时候，做好做歹，仍复替他们调停和解这一角色，总是由我来担当。所以，在杭州住下的两三年中，光是为鲁迅之故，而跑上海的事情，前后总也有了好多次。

在他去世的前一年春天，我到了福建，这中间，和他见面的机会更加少了。但记得就在他作故的前两个月，我回上海，他曾告诉了我他的病状，说医生说他的肺不对，他想于秋天到日本去疗养，问我也能够同去不能。我在那时候，也正在想去久别了的日本一次，看看他们最近的社会状态，所以也轻轻谈到了同去岚山看红叶的事情。可是从此一别，我就再也没有和他作长谈的幸运了。

关于鲁迅的回忆，枝枝节节，另外也正还多着；可是他给我的信件之类，有许多已在搬回杭州去之先烧了，有几封在上海北新书局里存着，现在又没有日记在手头，所以就在这里，先暂搁笔，以后若有机会，或许再写也说不定。

（一九三八年八月至一九三九年七月作）

杭 州

导读：

郁达夫是浙江富阳人，日本留学归国后主要闲居杭州，对于杭州的风景名胜乃至风土人情都有独到见解。本文用较大篇幅对杭州人进行了评价，至于当时杭州人到底是不是郁达夫笔下的“外强中干，喜撑场面；小事机警，大事糊涂；以文雅自夸，以清高自命；只解欢娱，不知振作”，仁者见仁，智者见智。

杭州的出名，一大半是为了西湖。而人工的建设，都会的形成，初则是由于唐末五代，武肃王钱镠（西历十世纪初期）的割据东南，——“隋朝特创立此郡城，仅三十六里九十步；后武肃钱王，发民丁与十三寨军卒，增筑罗城，周围七十里许。……”（吴自牧《梦粱录》卷七）——再则是由于南宋建炎三年（一一二九），高宗的临安驻跸，奠定国都。至若唐白乐天与宋苏东坡的筑堤导水，原也有功于杭郡人民，可是仅仅一位醉酒吟诗携妓的郡守的力量，无论如何，也是不能和帝王匹敌的。

据说，杭州的杭字，是因“禹末年，巡会稽至此，舍航登陆，乃名杭，始见于文字。”（柴虎臣著《杭州沿革大事考》）。因之，我们可以猜想，禹以前，杭州总还是一个泽国。而这一个四千余年前的泽国，后来为越为吴，也为吴越的战场，为东汉的浙江，为三国吴的富春，为晋的吴郡，为隋唐的杭州，两为偏安国都，迭为省治，现在并且成了东南五省交通的孔道，歌舞喧天，别庄满地，简直又要恢复南宋当时的首都旧观了。

我的来住杭州，本不是想上西湖来寻梦，更不是想弯强弩来射潮；不过妻杭人也，雅擅杭音，父祖富春产也，歌哭于斯，叶落归根，人穷返里，故乡鱼米较廉，借债亦易，——今年可不敢说，——屋租尤其便宜，铩羽归来，正好在此地偷安苟活，坐以待亡。搬来住后，岁月匆匆，一眨眼间，也已经住了一年有半了。朋友中间晓得我的杭州住址者，于春秋佳日，旅游西湖之余，往往肯命高轩来枉顾。我也因独处穷乡，孤寂得可怜，我朋自远方来，自然喜欢和他们谈谈旧事，说说杭州。这么一来，不几何时，大家似乎已经把我看成了杭州的管钥，山水的东家；《中学生》杂志编者的特地写信来要我写点关于杭州的文章，大约原因总也在于此。

关于杭州一般的兴废沿革，有《浙江通志》、《杭州府志》、《仁钱县志》诸大部的书在；关于杭州的掌故，湖山的史迹等等，也早有了光绪年间钱塘丁申、丁丙两氏编刻的《武林掌故丛编》、《西湖集览》，与新旧《西湖志》、《湖山便览》以及诸大书局大文豪的西湖游记或西湖游览指南诸书，可作参考；所以在这里，对这些，我不想再来饶舌，以虚费纸面和读者的光阴。第一，我觉得还值得一写，而对于读者，或者也不至于全然没趣的，是杭州人的性格；所以，我打算先从“杭州人”讲起。

第一个杭州人，究竟是哪里来的？这杭州人种的起源问题，怕同先有鸡蛋呢还是先有鸡一样，就是叫达尔文从阴司里复活转来，也很不容易解决。好在这些并非是我们的主题，故而假定当

杭州这一块陆土出水不久，就有些野蛮的，好渔猎的人来住了，这些蛮人，我们就姑且当他们是杭州人的祖宗。吴越国人，一向是好战、坚忍、刻苦、猜忌，而富于巧智的。自从用了美人计，征服了姑苏以来，兵事上虽则占了胜利，但民俗上却吃了大亏；喜斗、坚忍、刻苦之风，渐渐地消灭了。倒是猜忌，使计诸官能，逐步发达了起来。其后经楚威王、秦始皇、汉高帝等的挞伐，杭州人就永远处入了被征服者的地位，隶属在北方人的胯下。三国纷纷，孙家父子崛起，国号曰吴，杭州人总算又吐了一口气，这一口气，隐忍过隋唐两世，至钱武肃王而吐尽；不久南宋迁都，固有的杭州人的骨里，混入了汴京都的人士的文弱血球，于是现在的杭州人的性格，就此决定了。

意志的薄弱，议论的纷纭；外强中干，喜撑场面；小事机警，大事糊涂；以文雅自夸，以清高自命；只解欢娱，不知振作等等，就是现在的杭州人的特性；这些，虽然是中国一般人的通病，但是看来看去，我总觉得以杭州人为尤甚。所以由外乡人说来，每以为杭州人是最狡猾的人，狡猾得比上海滩上的滑人还要厉害。但其实呢，杭州人只晓得占一点眼前的小利小名，暗中在吃大亏，可是不顾到的。等到大亏吃了，杭州人还要自以为是，自命为直，无以名之，名之曰“杭铁头”以自慰自欺。生性本是勤而且俭的杭州人，反以为勤俭是倒霉的事情，是贫困的暴露，是与面子有关的，所以父母教子弟的第一个原则，就是教他们游惰过日，摆大少爷的架子。等空壳大少爷的架子学成，父母年老，财产荡尽的时候，这些大少爷们在白天，还要上西湖去逛逛，弄件把长衫来穿穿，饿着肚皮而高使着牙签；到了晚上上黑暗的地方去跪着讨饭，或者扒点东西，倒满不在乎，因为在黑暗里人家看不见，与面子还是无关，而大少爷的架子却不可不摆。至于做匪做强盗呢，却不会，决不会，杭州人并不是没有这个胆量，但杀头的时候要反绑着手去游街示众，与面子有关，最勇敢的杭州人，亦不过做做小窃而已。

唯其是如此，所以现在的杭州人，就永远是保有着被征服的资格的人；风雅倒很风雅，浅薄的知识也未始没有，小名小利，一着也不肯放松，最厉害的尤其是一张嘴巴。外来的征服者，征服了杭州人后，过不上三代，就也成了杭州人了，于是剃头者人亦剃其头，几十年后，仍复要被新的征服者来征服。照例类推，一年一年的下去。现在残存在杭州的固有杭州老百姓，计算起来，怕已经不上十个指头了。

人家说这是因为杭州的山水太秀丽了的缘故。西湖就像是一位“二八佳人体似酥”的狐狸精，所以杭州决出不出好子弟来。这话哩，当然也含有着几分真理。可是日本的山水，秀丽处远在杭州之上；瑞士我不晓得，意大利的风景画片我们总也时常看见的吧，何以外国人都可以不受着地理的限制，独有杭州人会陷入这一个绝境去的呢？想来想去，我想总还是教育的不好。杭州的家庭教育，社会教育，学校教育，总非要彻底的改革一下不可。

其次是该讲杭州的风俗了。岁时习俗，显露在外表的年中行喜，大致是与江南各省相通的；不过在杭州像婚丧喜庆等事，更加要铺张一点而已。关于这一方面，同治年间有十位钱塘的范月桥氏，曾做过一册《杭俗遗风》，写得比较详细，不过现在的杭州风俗，细看起来，还是同南宋吴自牧在《梦粱录》里所说的差仿不多，因为杭州人根本还是由那个时候传下来，在那个时候改组过的人。都会文化的影响，实在真大不过。

一年四季，杭州人所忙的，除了生死两件大事之外，差不多全是为了空的仪式；就是婚丧生死，一大半也重在仪式。丧事人家可以出钱去雇人来哭。喜事人家也有专门说好话的人雇在那里借讨彩头。祭天地，祀祖宗，拜鬼神等等，无非是为了一个架子；甚至于四时的游逛，都列在仪式之内，到了时候，若不去一定的地方走一遭，仿佛是犯了什么大罪，生怕被人家看不起似的。所以明朝的高濂，做了一部《四时幽赏录》，把杭州人在四季中所应做的闲事，详细列叙了出来。现在我只教把这四时幽赏的简目，略抄一下，大家就可以晓得吴自牧所说的“临安风俗，四时奢侈，赏观殆无虚日”的话的不错了。

一、春时幽赏：孤山月下看梅花，八卦田看菜花，虎跑泉试新茶，西溪楼啖煨笋，保俶塔看晓山，苏堤看桃花，等等。

二、夏时幽赏：苏堤看新绿，三生石谈月，飞来洞避暑，湖心亭采莼，等等。

三、秋时幽赏：满家巷赏桂花，胜果寺望月，水乐洞雨后听泉，六和塔夜玩风潮，等等。

四、冬时幽赏：三茅山顶望江天雪霁，西溪道中玩雪，雪后镇海楼观晚炊，除夕登吴山看松盆，等等。

将杭州人的坏处，约略在上面说了之后，我却终觉不得不对杭州的山水，再来一两句简单的批评。西湖的山水，若当盆景来看，好处也未始没有，就是在它的比盆景稍大一点的地方。若要在西湖近处看山的话，那你非要上留下向西向南再走二三十里路不行。从余杭的小和山走到了午潮山顶，你向四面一看，就有点可以看出浙西山脉的大势来了。天晴的时候，西北你能够看得见天目，南面脚下的横流一线，东下海门，就是钱塘江的出口，龛赭二山，小得来像天文镜里的游星。若嫌时间太费，脚力不继的话，那至少你也该坐车下江干，过范村，上五云山头去看看隔岸的越山，与钱塘江上游的不断的峰峦。况且五云山足，西下是云栖，竹木清幽；地方实在还可以。从五云山向

北若沿郎当岭而下天竺，在岭脊你就可以看到西岭下梅家坞的别有天地，与东岭下西湖全面的镜样的湖光。

若要再近一点，来玩西湖，我觉得南山终胜于北山，凤凰山胜果寺的荒凉远大，比起灵隐、葛岭来，终觉回味要浓厚一点。

还有北面秦亭山法华山下的西溪一带呢，如花坞秋雪庵，茭芦庵等处，散疏雅逸之致，原是有的，可是不懂得南画，不懂得王维、韦应物的诗意的人，即使去看了，也是毫无所得的。

离西湖十余里，在拱宸桥的东首，地当杭州的东北，也有一簇山脉汇聚在那里。俗称“半山”的皋亭山，不过因近城市而最出名，讲到景致，则断不及稍东的黄鹤峰，与偏北的超山。

况且超山下的居民，以植果木为业，旧历二月初，正月底边的大明堂外(吴昌硕的坟旁)的梅花，真是一个奇观，俗称“香雪海”的这个名字，觉得一点儿也不错。

此外还有关于杭州的饮食起居的话，我不是做西湖旅行指南的人，在此地只好不说了。

（一九三四年三月）

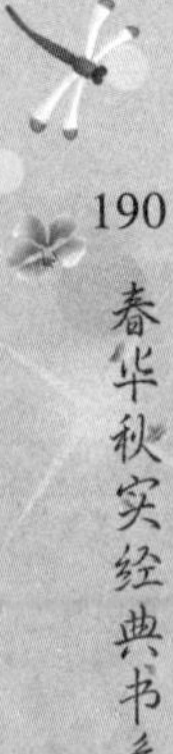

一个人在途上

导读：

1926年，时在广州的郁达夫接到远在北京的儿子龙儿患脑膜炎病危的电报，仓惶回到北平，却还是没来得及见儿子一面。多年来的奔波漂泊的苦楚，瞬间汩汩而出。在字里行间我们能感受到作者对龙儿浓浓的爱，疼惜和自责，感人至深。

在东车站的长廊下和女人分开以后，自家又剩了孤零丁的一个。频年飘泊惯的两口儿，这一回的离散，倒也算不得甚么特别，可是端午节那天，龙儿刚死，到这时候北京城里难已起了秋风，但是计算起来，去儿子的死期，究竟还只有一百来天。在车座里，稍稍把意识灰复转来的时候，自家就想起了卢骚晚年的作品；“孤独散步者的梦想”的头上的几句话。

“自家除了己身以外，已经没有弟兄，没有邻人，没有朋友，没有社会了，自家在这世上，像这样的，已经成了一个孤独者了。……”然而当年的卢骚还有弃养在孤儿院内的五个儿子，而我自己哩，连一个抚育到五岁的儿子还抓不住！

离家的远别。本来也只为想养活妻儿。去年在某大学的被逐，是万料不到的事情。其后兵乱迭起，交通阻绝，当寒冬的十月，会病倒在沪上也是谁也料想不到的。今年二月，好容易到得南方，归息了一年之半，谁知这刚养得出趣的龙儿，又会遭此凶疾呢？

龙儿的病报，本是广州得着，匆促北航，到了上海，接连接了几个北京来的电报，换船到天津，已经是旧历的五月初十。到家之夜，一见了门上的白纸条儿，心里已经是跳得忙乱，从苍茫的暮色里赶到哥哥家中，见了衰病的她，因为在大众之前，勉强将感情压住，草草吃了夜饭，上床就寝，把电灯一灭，两人只有紧抱的痛哭，痛哭，痛哭，只是痛哭，气也换不过来，更那里有说一句话的余裕？

受苦的时间，的确脱煞过去的太悠徐，今年的夏季，只是悲叹的连续。晚上上床，两口儿，那敢提一句话？可怜这两个迷散的灵心，在电灯灭黑的黝暗里，所摸走的荒路，每凑集在一条线上，这路的交叉点里，只有一块小小的墓碑，墓碑上只有“龙儿之墓”的四个红字。

妻儿因为在浙江老家内不能和母亲同住，不得已而搬往北京当时我在寄食的哥哥家去，是去年的四月中旬，那时候龙儿正长得肥满可爱，一举一动，处处教人欢喜。到了五月初，从某地回京，觉得哥哥家太狭小，就在什刹海的北岸，租定了一间渺小的住宅。夫妻两个，日日和龙儿伴乐，闲时也常在北海的荷花深处，及门前的杨柳中带龙儿去走走。这一年的暑假，总算过得快乐，最闲适。

秋风吹叶落的时候，别了龙儿和女人，再上某地大学去为朋友帮忙，当时他们俩还往西车站去送我来哩！这是去年秋晚的事情，想起来还同昨日的情形一样。

过了一月，某地的学校里发生事情，又回京了一次，在什刹海小住了两星期，本来打算不再出京了，然碍于朋友的面子，又不得不于一天寒风刺骨的黄昏，上西车站去趁车。这时候因为怕龙儿要哭，自己和女人，吃过晚饭，便只说要往哥哥家里去，只许他送我们到门口。记得那一天晚上他一个人和老妈子立在门口，等我们俩去了好远，还“爸爸！爸爸！”的叫了几声。啊啊，这几声的呼唤，是我在这世上听到的他叫我的最后的声音。

出京之后，到某地住了一宵，就匆促往上海。接续便染了病，遇了强盗辈的争夺政权，其后赴南方暂住，一直到今年的五月，才返北京。

想起来，龙儿实在是一个填债的儿子，是当乱离困厄的这几年中间，特来安慰我和他娘的愁闷的使者！

自从他在安庆生落地以来，

我自己没有一天脱离过苦闷，没有一处安住到五个月以上。我的女人，夜夜和我分担当着十字架的重负，只是东西南北的奔波飘泊。当然日夜难安，悲苦得不了的时候，只教他的笑脸一开，女人和我就可以把一切穷愁，丢在脑后。而今年五月初十待我赶到北京的时候，他的尸体，早已在妙光阁的广谊园地下躺着了。

他的病，说是脑膜炎。自从得病之日起，一直到旧历端午节的午时绝命的时候止，中间经过有一个多月的光景。平时被我们宠坏了的他，听说此番病里，却乖顺得非常。叫他吃药，他就大口的吃，叫他用冰枕，他就很柔顺的躺上。病后还能说话的时候，只问他的娘，“爸爸几时回来？”“爸爸在上海为我定做的小皮鞋，已经做好了没有？”我的女人，于惑乱之余，每幽幽的问他：“龙！你晓得你这一场病，会不会死的？”他老是很不愿意的回答说：“那儿会死的哩？”据女人含泪的告诉我说，他的谈吐，绝不似一个五岁的小儿。

未病之前一个月的时候，有一天午后他在门口玩耍，看见西面来了一乘马车，马车里坐着一个带灰白帽子的青年。他远远看见，就急忙丢下了伴侣，跑进屋里叫他娘出来，说“爸爸回来了，爸爸回来了！”因为我去年离京时所带的，是一样的一顶白灰呢帽。他娘跟他出来到门前，马车已经过去了他就死劲的拉住了他娘，哭喊着说：“爸爸怎么不家来呢？爸爸怎么不家来呢？”他娘说慰了半天，他还尽是哭着，这也是他娘含泪和我说的。现在回想起来，自己实在不该抛弃了他们，一个人在外面流荡，致使那小小的灵心，常有望远思亲之痛。

去年六月，搬往什刹海之后，有一次我们在堤上散步，因为他看见了人家的汽车，硬是哭着要坐，被我痛打了一顿。又有一次，他是因为要穿洋服，受了我的毒打。这实在只能怪我做父亲的没有能力，不能做洋服给他穿。雇汽车给他坐，早知他要这样的早死，我就是典当强劫，也应该去弄一点钱来，满足他无邪的欲望，到现在追想起来，实在觉得对他不起，实在是我太无容人之量了。

我女人说，频死的前五天，在病院里，叫了几夜的爸爸。她问他“叫爸爸干什么？”他又不响了，停一会儿，就又再叫起来，到了旧历五月初三日，他已入了昏迷状态，医师替他抽骨髓，他只会直叫一声“干吗？”喉头的气管，咯咯在抽咽，眼睛只往上吊送，口头流些白沫，然而一口气总不肯断。他娘哭叫几声“龙！龙！”他的眼角上，就迸流下眼泪出来，后来他娘看他苦得难过，倒对他说：

“龙，你若是没有命的，就好好的去吧！你是不是想等爸爸回来，就是你爸爸回来，也不过是这样的替你医治罢了。龙！你有什么不了的心愿呢？龙！与其这样的抽咽受苦，你还不如快快的去吧！”他听了这段话，眼角上眼泪，更是涌流得厉害。到了旧历端午节的午时，他竟等不着我的回来，终于断气了。

丧葬之后，女人搬往哥哥家里，暂住了几天。我于五月十日晚上，下车赶到什刹海的寓宅，打门打了半天，没有应声。后来抬头一看，才见了一张告示邮差送信的白纸条。

自从龙儿生病以后连日连夜看护久已倦了的她，又那里经得起最后的这一个打击？自己当到京之后，见了她的衰容，见了她的眼泪，又那里能够不痛哭呢？

在哥哥家里小住了两三天，我因为想追求龙儿生前的遗迹，一定要女人和我仍复搬回什刹海的住宅去住它一两个月。

搬回去那天，一进上屋的门，就见了一张被他玩破的今年正月里的花灯。听说这张花灯，是南城大姨妈送他的，因为他自家烧破了一个窟窿，他还哭过好几次来的。

其次，便是上房里砖上的几堆烧纸钱的痕迹！当他下殓时烧的。

院子有一架葡萄，两颗枣树，去年采取葡萄枣子的时候，他站在树下，兜起了大褂，仰头在看树上的我。我摘取一颗，丢入了他的大褂斗里，他的哄笑声，要继续到三五分钟，今年这两颗枣树结满了青青的枣子，风起的半夜里，老有熟极的枣子辞枝自落，女人和我，睡在床上，有时候且哭且谈，总要到更深人静，方能入睡。在这样的幽幽的谈话中间，最怕听的，就是滴答的坠枣之声。

到京的第二日，和女人去看他的坟墓。先在一家南纸铺里买了许多冥府的钞票，预备去烧送给他，直到到了妙光阁的广谊园茔地门前，她方从呜咽里清醒过来，说："这是钞票，他一个小孩如何用得呢？"就又回车转来，到琉璃厂去买了些有孔的纸钱。他在坟前哭了一阵，把纸钱钞烧化的时候，却叫着说：

“这一堆是钞票，你收在那里，待长大了的时候再用。要买什么，你先拿这一堆钱去用吧。这一天她的坟上坐着，我们直到午后七点，太阳平西的时候，才回家来。临走的时候，他娘还哭叫着说：

“龙！龙！你一个人在这里不怕冷静的么？龙！龙！人家若来欺你，你晚上来告诉娘罢！你怎么不想回来了呢？你怎么梦也不来托一个呢？”

箱子里，还有许多散放着的他的小衣服。今年北京的天气，到七月中旬，已经是很冷了。当微凉的早晚，我们俩都想换上几件夹衣，然而因为怕见他旧时的夹衣袍袜，我们俩却尽是一天一天的捱着，谁也不说出口来，说“要换上件夹衫。”

有一次和女人在那里睡午觉，她骤然从床上坐了起来，鞋也不拖，光着袜子，跑上了上房起坐室里，并且更掀廉跑上外面院子里去。我也莫名其妙跟着她跑到外面的时候，只见她在那里四面找寻什么。找寻不着，呆立了一会，她忽然放声哭了起来，并且抱住了我急急的追问说："你听不听见？你听不听见？"哭完之后，她才告诉我说，在半醒半睡的中间，她听见"娘！娘！"的叫了几声，的确是龙的声音，她很坚硬的说："的确是龙回来了。"

北京的朋友亲戚，为安慰我们起见，今年夏天常请我们俩去吃饭听戏，她老不愿意和我同去，因为去年的六月，我们无论上哪里去玩，龙儿是常和我们在一处的。

今年的一个暑假，就是这样的，在悲叹和幻梦的中间消逝了。

这一回南方来催我就道的信，过于匆促，出发之前，我觉得还有一见大事情没有做了。

中秋节前新搬了家，为修理房屋，部署杂事，就忙了一个星期，又因了种种琐事，不能抽出空来，再上龙儿的墓地去探望一回。女人上东车站来送我上车的时候，我心里尽是酸一阵痛一阵的在回念这一件恨事。有好几次想和她说出来，教她于两三日后再往妙光阁去探望一趟，但见了她的憔悴尽的颜色，和苦忍住的凄楚，又终于一句话也没有讲成。

现在去北京远了，去龙儿更远了，自家只一个人，只是孤零丁的一个人。在这里继续此生中大约是完不了的飘泊。

（一九二六年十月五日在上海旅馆内）